ちくま文庫

小川洋子と読む

内田百閒アンソロジー

内田百閒

小川洋子 編

筑摩書房

本書は、作家・内田百閒の作品から、編者の小川洋子が小説・随筆を編んだオリジナル・アンソロジーです。文庫化にあたり、『内田百閒集成』全二十四巻（ちくま文庫）を底本としました。

また、本書には、今日では差別的ととられかねない表現がありますが、作者が故人であることと、執筆当時の時代背景を考え、原文のままとしました。

目次

小川洋子と読む■内田百閒アンソロジー

旅愁

一

旅行に出かけようと思ったところが、あまり洋服が見すぼらしいので、神田の裏町から、六円五十銭のずぼんを買って来た。真夏のことだから、上著《うわぎ》は、何年来の洗濯のために、黄色がはげて、少し蒼味を帯びかかっている麻と、チョッキは白に、ずぼんは今買って来たばかりの薄鼠で、申し分のない旅装が整った。ずぼんを穿《は》いて見たら、少し短くて、膝を曲げると、足頸が出るけれども、靴が編上なので、苦にならない。

そうして上野から急行に乗って、北海道に向かった。手廻りは簡単な方がいいと思ったので、いつも学校にさげて行く手鞄《てかばん》の中から、本を引っ張り出して、その後に浴衣を一枚と、ちり紙などを詰め、パナマ帽をかぶり、赤皮の編上靴を穿いて、二等車に乗り込んだ。靴は九段下で買った兵隊靴のまがい物だけれど、帽子の方は二十九円五十銭で買った円錐形のパナマである。ただ幾夏か被《かぶ》って来た為に、天辺《てっぺん》の尖がったた所に、穴があいているけれども、私の脊が高い上に、帽子が又高く聳《そび》えているのだから、被っていれば、何人にも解らない。

　その帽子と手鞄とを網棚にのっけて、座席におさまり、窓の外の歩廊《ほろう》を眺めている内に、汽車が走り出した。

　そうして鉄橋を渡り、山裾を廻り、小さな駅を飛ばして、汽車は走りつづけた。私は東北地方を通ったことがないので、山や畑が青青としているのを見て、不思議な気持がした。子供の時に聞いた飢饉の話が頭に残っていて、禿山と荒地ばかりで、汽車道の両側には、石ころがごろごろ転がっているものと思っていたのである。

　その内に夕方になって、窓の外が薄暗くなり、遠くの山が大浪の様に思われ出した。汽車の走る音が、ごうごうと唸りながら断続する間に、何だか節《ふし》の様なものがあるらしく思われて来た。私は心細くなって、早く寝てしまおうと思い、車掌に寝台を聞いて見ると、上の段が一つあいていると云うので、それを約束しておいて、食堂車に行ってお酒を飲んだら、北海道は全く赤鱏《あかえい》の様な碌《ろく》でもない島で、ぐにゃぐにゃしていて、歩くと足に踏みごたえがなさそうに思われ出した。

　食堂車から帰って来る時は、無暗《むやみ》に汽車が揺れて、歩きにくかった。横に振れるだけでなく、上下にも弾みがついて躍るらしいので、踏んだかと思うと、汽車の床がまだもっと下の方にあったり、そうかと思うと、また飛んでもない上の方に持ち上がっていて、踏みつけた足のやり場に困ったりした。

寝台車に帰って、上段の寝台に攀《よ》じ登った。狭い棚の様な物の中に、初めに胴体だけを納め、次に頸を曲げて、頭を入れ、そこで上著《うわぎ》を脱いで、それからずぼんを取るために、先《ま》ず片足を入れたところが、伸ばしたままでは這入《はい》らないから、膝を曲げた拍子に、何だか微《かす》かな、抵抗の抜けた様な、冷たい気持がしたと思ったら、足頸から股にかけて、二尺ばかりの間、ずぼんが裂けて、ずぼん下を穿いていない脚の肌が、外に食《は》み出《だ》していた。びっくりして調べて見ると、ずぼんの地が裂けたのではなくて、縫目が離れたのである。なおよく見ると、縫目ではなくて、糊のようなもので貼りつけてあったらしい。関東大地震の翌年の事なので、六円五十銭のずぼんなどと云う物は、何人が聞いても、本当にしない程、安かったのだから、そんな物を買って来たのが、こちらの手落ちである。しかし、私は鞄の中に浴衣を一枚しか持って来ていない。ずぼんが破れたからと云って、東京に引返すわけにも行かず、途中で汽車を降りて、知らない町にずぼんを買いに行く元気もなかった。明日の朝は、どこで夜が明けるのだか知らないけれど、どんな恰好をして人前に出たらいいだろうと考えたら、情なくなってしまった。間もなく汽車が駅に這入ったらしく、ごうごうと云う響きが消えて、カーテンを下ろした天井裏に反響する歩廊の跫音《あしおと》と、「仙台、仙台」と云う東北音の駅夫の声を聞いている内に、段段眠くなり、汽車が再び走り出すと同時に、私は眠ってしまった。

二

浴衣に帯皮を締め、パナマ帽子をかぶり、赤皮の編上靴を穿いて、私は北海道に渡った。荷物は手鞄一つ丈《だけ》である。手鞄の中には、破れたずぼんと、ちり紙が這入っている。お金は沢山持っているのだけれど、宿屋であんまりいい顔をしなかった。それから、札幌で、当時私の学生だった菊島に会い、帰りは二人連れになって、函館で一晩泊まったところが、町の辻びらに、明日の午後、青森の公会堂にて、宮城道雄氏の演奏会があると云う広告が出ていた。

宮城道雄氏の事を述べるとすれば、前書を要する。去年の秋、私が東京朝日の学芸欄に随筆を寄せて、宮城さんの事に及び、盲人のくせに勘がわるくて、御自分の家で、間境《まざかい》の柱にぶつかって、瘤をこさえたり、梯子段を踏みそこねて、脚を擦り剝《む》いたりすると書いたところが、心配性の友人が、あんな事をつけつけと書いていいのかと心配した。それから今度は、宮城さんの方で、文藝春秋社の「話」に芸談を寄稿して、尤《もっと》も盲人だから、談話筆記の体になっているけれども、その中に、青森の演奏会のことを述べ、私がお引合に出て、後で宮城さん御夫婦が、旅の空で夫婦喧嘩をしたと書いてある。宮城撿挍《けんぎょう》曰《いわ》く「そうなると、一層何かしら愉快で堪らず、会が終ってから、同君と牛肉屋で一盞《いっさん》傾けているうち、又弾きたくなり、と云って、琴をすぐ取り寄せられもせず、その家で三味線をかり、心ゆくばかりに弾いて飲みました。全く興が湧いて来れば、たまらなくなるから仕方がありません。このことは、後で、場所を弁《わき》まえない、と云うので、小さな夫婦喧嘩を惹《ひ》き起こしました」

　さて、その翌日、私と道連れの菊島とは、海を渡って、青森に入り、公会堂を探して、切符を買って、入場した。当時の宮城さんは、まだ今日ほど楽壇や一般の世間から認められていなかったので、特に田舎の演奏会では、どうかと思っていたところが、這入って見ると、全く立錐の地もない程の満員であった。段段に番組が進んで、聞き覚えのある曲目が、次ぎから次ぎへと演奏せられた。向うは盲目だから、私共の顔が見えるわけはないのである。しかし合奏者や、一緒について来た家の人達が、何処から私共を見つけないとも限らない。黙って聴いてしまって、後で驚かしてやろうと云う腹があったので、私は息を殺す様な気持で、座席に身をすくめていた。

　ところが、曲目の変り目ごとに、宮城さんの手を引いて、舞台の上を出たり這入ったりする目明き連の目が、どうも私達の方を見ている様な気がして、しまいには、既に向うでは解っているのに、わざと黙っているのではないかとも思われたりして、段段息苦しい様な気持になり、到頭我慢が出来なくなったものだから、最後の番組の

「落葉の踊」の始まる前に、楽屋へ行って、計らずも雲山何百里の青森で、さっきからあなたの音楽を聴いていると云うことを通じたら、宮城さんは非常に驚き、見えない目の上を手の甲でごしごしこすった。すんだら、後で一ぱいやりましょうと云う事にきめて、私共は聴衆席に帰った。

一体、宮城さんの作曲は、新交響楽団の管絃楽で独奏するのを二三聴いた事のある越天楽《えてんらく》変奏曲とか、また最近に発表した神仙調協奏曲などと云う種類のものは勿論、普通の弾き物として作られた箏の曲でも、みんな飛んでもなく六ずかしくて、普通のお弟子には弾けないのである。人の弾けない物ばかり無暗に作っておいて、作曲は後世に残るだろうけれども、演奏者の御当人が死んでしまった後は、どうするのだろうと、私は時時心配する。私は幼少の頃より箏を好み、田舎にいる時、二人の盲人から四十数曲の許しを受けた。生田流の合せ物なら、どんな手のこんだ曲でも弾けない物はないつもりでいたところが、東京で宮城さんと知り、その門に入って見ると、勝手はちっとも違わないのに、教わる物が不思議に六ずかしくて、どうにも弾けないのである。やっている内に、自分の芸に愛想がつきてしまった。二十何年来の鼻の先を折られて、私はあんまり箏の自慢をする事を止めたのである。

青森の公会堂で、宮城さんが「落葉の踊」を弾いている。幾度も聴いた演奏だけれども、今始めて聴くものの様に新鮮で、輝やかしく、そう云う感じが段段に引き締まって来て、しまいには、総身がぞうっとした。顔や手頸に粟粒がざらざら出来る様な気持がした。

三

牛肉のすき焼を食わせる家を探して、私共は知らない青森の町をうろつき廻った。私が宮城さんの手を引っ張り、その後に奥さんと、牧瀬喜代さんと、菊島がぞろぞろついて来た。

何しろ、言葉がうまく通じないので、難渋する。さっきも、牛肉を食わせる家はないかと聞いて、教わった所に行って見たら、牛肉を売る店であった。問い方が悪かったのだと思ったから、今度は、牛鍋を食わせる家はないかと尋ねていると、傍から、宮城さんが、

「鍋を食うのは乱暴ですね。青森の人がびっくりしやしませんか」と云った。全く、私の聞いている相手は、牛鍋なら、とか何だかよく解らない事を云って、金物屋を教えてくれそうな気配であった。すき焼と云う言葉は、最初に持ち出して、通じなかったのである。食い意地ばかりが先走り、方角は解らず、すっかり悲観して、旅の空をかこちながら、盲人の手を牽《ひ》いてうろついている内に、やっと汚い西洋料理屋の二階

で、牛肉を食わしてくれる家を探しあてた。

細長い餉台《ちゃぶだい》を持ち出し、その廻りに坐って、真中に鍋を据えた。お酒を飲んだら、忽《たちま》ち酔払ってしまって、それよりも既に宮城さんが酔払っている。佳人の奇遇でなくて、奇人の佳遇でもなくて、目くらと目あきが本州の北端にて、ぶつかりましたなどと云っている内に、私はお箸をたたいて、聴き覚えのクロイツェル・ソナタの真似をする。宮城さんが、何か弾きたい様な事を云い出した。私と菊島とで一生懸命に油をそそいで、おやりなさい、おやりなさいと云って見たけれど、どうもこの席へ琴を取り寄せるわけにも行かず、三味線はないか知らと思って、女中を呼んで聞いて見ても、そんな物はないと云うのである。

その内に、憚《はばか》りに立った時、隣りの部屋を通ったところが、物置の様に取り散らした隅の柱に玩具屋で売っている小さな子供の三味線が掛かっているのを見つけた。

早速、帰りにそれを持って来て、宮城さんに渡したところが、大いによろこんで、しかしあんまり小さくて、普通の三味線の様には弾けないものだから、膝の上に立てて、糸をかっちゃぐりながら、レコードで聞き馴れているバッツィニの「小鬼のロンド」を弾き出した。それが、何だかそっくり似ているので、私や菊島が無性によろこんでいると、今まで気がつかなかったのだけれど、段段険悪になっていたらしい奥さんが、俄《にわか》に怒り出した。

「お座敷芸人のする様な事は、およしなさいませ。知らない所に来て、見っともないじゃありませんか」

すると、宮城さんも負けては居なかった。感興に乗って楽器を弄《もてあそ》ぶのが何が座敷芸人だ、とか何とかいきり立つのだけれど、酔払っているから、何を云っても、筋が立たない。おまけに有頂天になっているところへ、いきなり冷水をぶっかけられた様ないきさつなので、自分の方に引け目がある。奥さんは、益《ますます》舌鋒を鋭くして追撃する。云い分にも先方に理がありそうなので、大撿挍は云う事がなくなったものだから、憤然と起ち上がり、大いに威武を振いそうになったから、私共はびっくりして、すき焼も匆匆《そうそう》に切り上げ、私がまた宮城さんの手を引き、菊島が奥さんをなだめながら、方角も解らない青森の夜更けの町に出たのである。

宮城さんは怒っているものだから、せかせかと無暗に速く歩いたり、また急にゆっくりして、ぶらりぶらり歩いたりするので、手引きは大いに困った。そうして、何だか癇癪《かんしゃく》のやり場がない様にいらいらする。

いい加減な見当で歩いている内に、ろくに街燈もない暗い道の角に、赤い火が見えると思ったら、いい香りがにおって来て、玉蜀黍《とうもろこし》を焼いているのであった。

「いいものを買って上げますから、一寸《ちょっと》お待ちなさい」と私が云った。

「何です。いい匂いがしますね」と宮城さんが云った。

　私は宮城さんをその前まで連れて行って、玉蜀黍を一本買った。それを宮城さんの片手に持たして、

「一寸ここで待っていらっしゃい。歩いてはいけませんよ」と云いすてて、後に引返した。遥か向うの薄暗の中に、三人の姿が見える。私はそこまで走って行って、菊島の持っている蝙蝠傘《こうもりがさ》を借りて来た。

　宮城さんは玉蜀黍屋の火に、顔を赤く照らされて、闇の中に棒杭の様に突っ起っていた。それからまた宮城さんの手を引っ張って、歩き出した。道道私は、こう云うことを教えたのである。

「そんなに腹が立つなら、私がいいことを考えた。今菊島から蝙蝠傘を借りて来たから、こいつをあなたが持って、その玉蜀黍を私が差し出しているから、うまく擲《なぐ》り飛ばして、二つに折って御覧なさい。盲人に棒を振り廻されるのだから、はたは険呑だけれど、しかし見えなくても勘でわかるでしょう。その蝙蝠傘の尖《さき》に渾身の怒気をあつめて、振らなければ駄目ですよ。それでうまく玉蜀黍を擲ったら、もうそれで怒りっこなし」

「やりましょう」と宮城さんが凛然《りんぜん》として云った。

　人通りのない道の真ん中に、私は玉蜀黍を捧げて起った。尤《もつと》も盲目滅法に擲られては堪らないから、この辺ですよと云うことを、始めによく云っておいた。宮城さんは

二三歩後に退がった。気合を計っているらしい。

私は玉蜀黍を持っている手に、油がにじみ出した。

恐ろしい勢いで、黒い棒が目の前を掠《かす》めたと思ったら、激しい手ごたえがして、玉蜀黍の胴体が折れて飛んだ。

「やった」と私が云ったら、「どうです」と宮城さんが息をはずませた。

そうして、大きな声で笑い合った。笑い声が夜更の町に響き渡って、すぐ消えた。

それからまた手を引っ張って、歩き出した。

昭和九年／『内田百閒集成 2』

たとえタイトルから何かを予想したとしても、ことごとく覆される。寝台車でずぼんが破れた時、既に事態は引き返せないレールを走り出していたのだろう。子どもの三味線をかき鳴らす宮城撿挍と、夜更けの町に吹き飛ぶ玉蜀黍の胴体。二つのイメージがまぶたの裏の暗闇に焼きつく。ページをめくる手は、玉蜀黍の油でべたついている。それでいてラストでは、撿挍に対する百閒の、深い敬愛の情に触れ、清々しい気持にさせられる。いびつに引き裂かれるような心持になって、あとは言葉もない。

冥途

高い、大きな、暗い土手が、何処から何処へ行くのか解らない、静かに、冷たく、夜の中を走っている。その土手の下に、小屋掛けの一ぜんめし屋が一軒あった。カンテラの光りが土手の黒い腹にうるんだ様な暈《かさ》を浮かしている。私は、一ぜんめし屋の白ら白らした腰掛に、腰を掛けていた。何も食ってはいなかった。ただ何となく、人のなつかしさが身に沁むような心持でいた。卓子の上にはなんにも乗っていない。淋しい板の光りが私の顔を冷たくする。

私の隣りの腰掛に、四五人一連れの客が、何か食っていた。沈んだような声で、面白そうに話しあって、時時静かに笑った。その中の一人がこんな事を云った。

「提燈をともして、お迎えをたてると云う程でもなし、なし」

私はそれを空耳で聞いた。何の事だか解らないのだけれども、何故だか気にかかって、聞き流してしまえないから考えていた。するとその内に、私はふと腹がたって来た。私のことを云ったのらしい。振り向いてその男の方を見ようとしたけれども、どれが云ったのだかぼんやりしていて解らない。その時に、外の声がまたこう云った。大きな、響きのない声であった。

「まあ仕方がない。あんなになるのも、こちらの所為《せい》だ」

その声を聞いてから、また暫らくぼんやりしていた。すると私は、俄《にわか》にほろりとして来て、涙が流れた。何という事もなく、ただ、今の自分が悲しくて堪らない。けれども私はつい思い出せそうな気がしながら、その悲しみの源を忘れている。

それから暫らくして、私は酢のかかった人参葉を食い、どろどろした自然生《じねんじょう》の汁を飲んだ。隣の一連れもまた外の事を何だかいろいろ話し合っている。そうして時時静かに笑う。さっき大きな声をした人は五十余りの年寄りである。その人丈が私の目に、影絵の様に映っていて、頻《しき》りに手真似などをして、連れの人に話しかけているのが見える。けれども、そこに見えていながら、その様子が私には、はっきりしない。話している事もよく解らない。さっき何か云った時の様には聞こえない。

時時土手の上を通るものがある。時をさした様に来て、じきに行ってしまう。その時は、非常に淋しい影を射して身動きも出来ない。みんな黙ってしまって、隣りの連れは抱き合う様に、身を寄せている。私は、一人だから、手を組み合わせ、足を竦《すく》めて、じっとしている。

通ってしまうと、隣りにまた、ぽつりぽつりと話し出す。けれども、矢張り、私には、様子も言葉もはっきりしない。しかし、しっとりした、しめやかな団欒を私は羨ましく思う。

私の前に、障子が裏を向けて、閉《た》ててある。その障子の紙を、羽根の撚れた様になって飛べないらしい蜂が、一匹、かさかさ、かさかさと上って行く。その蜂だけが、私には、外の物よりも非常にはっきりと見えた。

隣りの一連れも、蜂を見たらしい。さっきの人が、蜂がいると云った。その声も、私には、はっきり聞こえた。それから、こんな事を云った。

「それは、それは、大きな蜂だった。熊ん蜂というのだろう。この親指ぐらいもあった」

そう云って、その人が親指をたてた。その親指が、また、はっきりと私に見えた。何だか見覚えのある様ななつかしさが、心の底から湧き出して、じっと見ている内に涙がにじんだ。

「ビードロの筒に入れて紙で目ばりをすると、蜂が筒の中を、上ったり下りたりして唸る度に、目張りの紙が、オルガンの様に鳴った」

その声が次第に、はっきりして来るにつれて、私は何とも知れずなつかしさに堪えなくなった。私は何物かにもたれ掛かる様な心で、その声を聞いていた。すると、その人が、またこう云った。

「それから己《おれ》の机にのせて眺めながら考えていると、子供が来て、くれくれとせがんだ。強情な子でね、云い出したら聞かない。己はつい腹を立てた。ビードロの筒を持って縁側へ出たら庭石に日が照っていた」

　私は、日のあたっている舟の形をした庭石を、まざまざと見る様な気がした。

「石で微塵に毀《こわ》れて、蜂が、その中から、浮き上がるように出て来た。ああ、その蜂は逃げてしまったよ。大きな蜂だった。ほんとに大きな蜂だった」

「お父様」と私は泣きながら呼んだ。

　けれども私の声は向うへ通じなかったらしい。みんなが静かに起《た》ち上がって、外へ出て行った。

「そうだ、矢っ張りそうだ」と思って、私はその後を追おうとした。けれどもその一連れは、もうそのあたりに居なかった。

　そこいらを、うろうろ探している内に、その連れの立つ時、「そろそろまた行こうか」と云った父らしい人の声が、私の耳に浮いて出た。私は、その声を、もうさっきに聞いていたのである。

　月も星も見えない。空明りさえない暗闇の中に、土手の上だけ、ぼうと薄白い明りが流れている。さっきの一連れが、何時の間にか土手に上って、その白んだ中を、ぼんやりした尾を引く様に行くのが見えた。私は、その中の父を、今一目見ようとしたけれども、もう四五人の姿がうるんだ様に溶け合っていて、どれが父だか、解らなかった。

私は涙のこぼれ落ちる目を伏せた。黒い土手の腹に、私の姿がカンテラの光りの影になって大きく映っている。私はその影を眺めながら、長い間泣いていた。それから土手を後にして、暗い畑の道へ帰って来た。

大正一〇年／『内田百閒集成 3』

何度読み返してもそのつど新たな驚きに打たれ、自分の知らない間に書き直されたのでは、という疑いにとらわれる。一行めなど、もうほとんど暗記しているようなのに、なぜかいちいち、見えない小石につまずいて、土手の内側へと引きずり込まれる。自由には行き来できないはずの境界を、〝私〟の泣き声はすり抜けてゆく。その声のあとをふらふら追い掛けてしまう。いつか全文を暗唱したいと願いながら、そのまま冥途へ運ばれてゆきそうな予感がして、いまだ実現はしていない。

件

黄色い大きな月が向うに懸かっている。色計りで光がない。夜かと思うとそうでもないらしい。後《うしろ》の空には蒼白い光が流れている。日がくれたのか、夜が明けるのか解らない。黄色い月の面を蜻蛉《とんぼ》が一匹浮く様に飛んだ。黒い影が月の面から消えたら、蜻蛉はどこへ行ったのか見えなくなってしまった。私は見果てもない広い原の真中に起《た》っている。軀《からだ》がびっしょりぬれて、尻尾の先からぽたぽたと雫が垂れている。件《くだん》の話は子供の折に聞いた事はあるけれども、自分がその件になろうとは思いもよらなかった。からだが牛で顔丈人間の浅間しい化物に生まれて、こんな所にぼんやり立っている。何の影もない広野の中で、どうしていいか解らない。何故こんなところに置かれたのだか、私を生んだ牛はどこへ行ったのだか、そんな事は丸でわからない。

そのうちに月が青くなって来た。後の空の光りが消えて、地平線にただ一筋の、帯程の光りが残った。その細い光りの筋も、次第次第に幅が狭まって行って、到頭消えてなくなろうとする時、何だか黒い小さな点が、いくつもいくつもその光りの中に現われた。見る見る内に、その数がふえて、明りの流れた地平線一帯にその点が並んだ時、光りの幅がなくなって、空が暗くなった。そうして月が光り出した。その時始めて私はこれから夜になるのだなと思った。今光りの消えた空が西だと云う事もわかった。からだが次第に乾いて来て、背中を風が渡る度に、短かい毛の戦《そよ》ぐのがわかる様になった。月が小さくなるにつれて、青い光りは遠くまで流れた。水の底の様な原の真中で、私は人間でいた折の事を色色と思い出して後悔した。けれども、その仕舞の方はぼんやりしていて、どこで私の人間の一生が切れるのだかわからない。考えて見ようとしても、丸で摑まえ所のない様な気がした。私は前足を折って寝て見た。すると、毛の生えていない顎に原の砂がついて、気持がわるいから又起きた。そうして、ただそこいらを無暗に歩き廻ったり、ぼんやり起ったりしている内に夜が更けた。月が西の空に傾いて、夜明けが近くなると、西の方から大浪の様な風が吹いて来た。私は風の運んで来る砂のにおいを嗅ぎながら、これから件に生まれて初めての日が来るのだなと思った。すると、今迄うっかりして思い出さなかった恐ろしい事を、ふと考えついた。件は生まれて三日にして死し、その間に人間の言葉で、未来の凶福を予言するものだと云う話を聞いている。こんなものに生まれて、何時迄生きていても仕方がないから、三日で死ぬのは構わないけれども、予言するのは困ると思った。第一何を予言するんだか見当もつかない。けれども、幸いこんな野原の真中にいて、辺りに誰も人間がいないから、まあ黙っていて、この儘死んで仕舞おうと思う途端に西風が吹いて、遠くの方に何だか騒騒しい人声が聞こえた。驚いてその方を見ようとすると、又風が吹いて、今度は「彼所《あすこ》だ、彼所《あすこ》だ」と云う人の声が聞こえた。しかもその声が聞き覚えのある何人かの声に似ている。

それで昨日の日暮れに地平線に現われた黒いものは人間で、私の予言を聞きに夜通しこの広野を渡って来たのだと云う事がわかった。これは大変だと思った。今のうち捕まらない間に逃げるに限ると思って、私は東の方へ一生懸命に走り出した。すると間もなく東の空に蒼白い光が流れて、その光が見る見る内に白けて来た。そうして恐ろしい人の群が、黒雲の影の動く様に、此方へ近づいているのがありありと見えた。その時、風が東に変って、騒騒しい人声が風を伝って聞こえて来た。「彼所だ、彼所だ」と云うのが手に取る様に聞こえて、それが矢っ張り誰かの声に似ている。私は驚いて、今度は北の方へ逃げようとすると、又北風が吹いて、大勢の人の群が「彼所だ、彼所だ」と叫びながら、風に乗って私の方へ近づいて来た。南の方へ逃げようとすると南風に変って、矢っ張り見果てもない程の人の群が私の方に迫っていた。もう逃げられない。あの大勢の人の群は、皆私の口から一言の予言を聞く為に、ああして私に近づいて来るのだ。もし私が件でありながら、何も予言しないと知ったら、彼等はどんなに怒り出すだろう。三日目に死ぬのは構わないけれども、その前にいじめられるのは困る。逃げ度《た》い、逃げ度いと思って地団太をふんだ。西の空に黄色い月がぼんやり懸かって、ふくれている。昨夜の通りの景色だ。私はその月を眺めて、途方に暮れていた。

　夜が明け離れた。

　人人は広い野原の真中に、私を遠巻きに取り巻いた。恐ろしい人の群れで、何千人だか何萬人だかわからない。其中《そのなか》の何十人かが、私の前に出て、忙しそうに働き出した。材木を担ぎ出して来て、私のまわりに広い柵をめぐらした。それから、その後に足代《あししろ》を組んで、桟敷《さじき》をこしらえた。段段時間が経って、午頃《ひるごろ》になったらしい。私はどうする事も出来ないから、ただ人人のそんな事をするのを眺めていた。あんな仕構えをして、これから三日の間、じっと私の予言を待つのだろうと思った。なんにも云う事がないのに、みんなからこんなに取り巻かれて、途方に暮れた。どうかして今の内に逃げ出したいと思うけれども、そんな隙もない。人人は出来上がった桟敷の段段に上って行って、桟敷の上が、見る見るうちに黒くなった。上り切れない人人は、桟敷の下に立ったり、柵の傍に蹲踞《かが》んだりしている。暫らくすると、西の方の桟敷の下から、白い衣物を著《き》た一人の男が、半挿《はんぞう》の様なものを両手で捧げて、私の前に静静と近づいて来た。辺りは森閑と静まり返っている。その男は勿体らしく進んで来て、私の直ぐ傍に立ち止まり、その半挿を地面に置いて、そうして帰って行った。中には綺麗な水が一杯はいっている。飲めと云う事だろうと思うから、私はその方に近づいて行って、その水を飲んだ。

すると辺りが俄《にわか》に騒がしくなった。「そら、飲んだ飲んだ」と云う声が聞こえた。「愈《いよいよ》飲んだ。これからだ」と云う声も聞こえた。

私はびっくりして、辺りを見廻した。水を飲んでから予言するものと、人人が思ったらしいけれども、私は何も云う事がないのだから、後を向いて、そこいらをただ歩き廻った。もう日暮れが近くなっているらしい。早く夜になって仕舞えばいいと思う。

「おや、そっぽを向いた」とだれかが驚いた様に云った。

「事によると、今日ではないのかも知れない」

「この様子だと余程重大な予言をするんだ」

そんな事を云ってる声のどれにも、私はみんな何所となく聞き覚えのある様な気がした。そう思ってぐるりを見ていると、柵の下に蹲踞んで一生懸命に私の方を見ている男の顔に見覚えがあった。始めは、はっきりしなかったけれども、見ているうちに、段段解って来る様な気がした。それから、そこいらを見廻すと、私の友達や、親類や、昔学校で教わった先生や、又学校で教えた生徒などの顔が、ずらりと柵のまわりに並んでいる。それ等が、みんな他を押しのける様にして、一生懸命に私の方を見詰めているのを見て、私は厭な気持になった。

「おや」と云ったものがある。「この件は、どうも似てるじゃないか」

「そう、どうもはっきり判らんね」と答えた者がある。

「そら、どうも似ている様だが、思い出せない」

私はその話を聞いて、うろたえた。若《も》し私のこんな毛物になっている事が、友達に知れたら、恥ずかしくてこうしてはいられない。あんまり顔を見られない方がいいと思って、そんな声のする方に顔を向けない様にした。

いつの間にか日暮れになった。黄色い月がぼんやり懸かっている。それが段段青くなるに連れて、まわりの桟敷や柵などが、薄暗くぼんやりして来て、夜になった。

夜になると、人人は柵のまわりで篝火《かがりび》をたいた。その焰《ほのお》が夜通し月明りの空に流れた。人人は寝もしないで、私の一言を待ち受けている。月の面を赤黒い色に流れていた篝火の煙の色が次第に黒くなって来て、月の光は褪せ、夜明の風が吹いて来た。そうして、また夜が明け離れた。夜のうちに又何千人と云う人が、原を渡って来たらしい。柵のまわりが、昨日よりも騒騒しくなった。頻《しき》りに人が列の中を行ったり来たりしている。昨日よりは穏やかならぬ気配なので、私は漸《よう》く不安になった。

間もなく、また白い衣物を著た男が、半挿を捧げて、私に近づいて来た。半挿の中には、矢張り水がはいっている。白い衣物の男は、うやうやしく私に水をすすめて帰って行った。私は欲しくもないし、又飲むと何か云うかと思われるから、見向きもしなかった。

「飲まない」と云う声がした。

「黙っていろ。こう云う時に口を利いてはわるい」と云ったものがある。「大した予言をするに違いない。こんなに暇取るのは余程の事だ」と云ったのもある。

そうして後がまた騒騒しくなって、人が頻りに行ったり来たりした。それから白衣の男が、幾度も幾度も水を持って来た。水を持って来る間丈は、辺りが森閑と静かになるけれども、その半挿の水を私が飲まないのを見ると、周囲の騒ぎは段段にひどくなって来た。そして益《ますます》頻繁に水を運んで来た。その水を段段私の鼻先につきつける様に近づけてきた。私はうるさくて、腹が立って来た。その時又一人の男が半挿を持って近づいて来た。私の傍まで来ると暫らく起ち止まって私の顔を見詰めていたが、それから又つかつかと歩いて来て、その半挿を無理矢理に私の顔に押しつけた。私はその男の顔にも見覚えがあった。だれだか解らないけれども、その顔を見ていると、何となく腹が立って来た。

その男は、私が半挿の水を飲みそうにもないのを見て、忌ま忌ましそうに舌打ちをした。

「飲まないか」とその男が云った。

「いらない」と私は怒って云った。

するとと辺りに大変な騒ぎが起こった。驚いて見廻すと、桟敷にいたものは桟敷を飛び下り、柵の廻りにいた者は柵を乗り越えて、恐ろしい声をたてて罵り合いながら、私の方に走り寄って来た。

「口を利いた」

「到頭口を利いた」

「何と云ったんだろう」

「いやこれからだ」と云う声が入り交じって聞こえた。

　気がついて見ると、又黄色い月が空にかかって、辺りが薄暗くなりかけている。いよいよ二日目の日が暮れるんだ。けれども私は何も予言することが出来ない。だが又格別死にそうな気もしない。事によると、予言するから死ぬので、予言をしなければ、三日で死ぬとも限らないのかも知れない、それではまあ死なない方がいい、と俄《にわか》に命が惜しくなった。その時、馳け出して来た群衆の中の一番早いのは、私の傍迄近づいて来た。すると、その後から来たのが、前にいるのを押しのけた。その後から来たのが、又前にいる者を押しのけた。そうして騒ぎながらお互に「静かに、静かに」と制し合っていた。私はここで捕まったら、群衆の失望と立腹とで、どんな目に合うか知れないから、どうかして逃げ度いと思ったけれども、人垣に取り巻かれてどこにも逃げ出す隙がない。騒ぎは次第にひどくなって、彼方此方に悲鳴が聞こえた。そうして、段段に人垣が狭くなって、私に迫って来た。私は恐ろしさで起ってもいてもいられない。夢中でそこにある半挿の水をのんだ。その途端に、辺りの騒ぎが一時に静まって、森閑として来た。私は、気がついてはっと思ったけれども、もう取り返しがつかない、耳を澄ましているらしい人人の顔を見て、猶《なお》恐ろしくなった。全身に冷汗がにじみ出した。そうして何時迄も私が黙っているから、又少しずつ辺りが騒がしくなり始めた。

「どうしたんだろう、変だね」

「いやこれからだ、驚くべき予言をするに違いない」

そんな声が聞こえた。しかし辺りの騒ぎはそれ丈で余り激しくもならない。気がついて見ると、群衆の間に何となく不安な気配がある。私の心が少し落ちついて、前に人垣を作っている人人の顔を見たら、一番前に食《は》み出《だ》しているのは、どれも是も皆私の知った顔許りであった。そうしてそれ等の顔に皆不思議な不安と恐怖の影がさしている。それを見ているうちに、段段と自分の恐ろしさが薄らいで心が落ちついて来た。急に咽喉が乾いて来たので、私は又前にある半挿の水を一口のんだ。すると又辺りが急に水を打った様になった。今度は何も云う者がない。人人の間の不安の影が益《ます》濃《ます》くなって、皆が呼吸をつまらしているらしい。暫らくそうしているうちに、どこかで不意に、

「ああ、恐ろしい」と云った者がある。低い声だけれども、辺りに響き渡った。

気がついて見ると、何時の間にか、人垣が少し広くなっている。群衆が少しずつ後しさりをしているらしい。

「己《おれ》はもう予言を聞くのが恐ろしくなった。この様子では、件《くだん》はどんな予言をするか知れない」と云った者がある。

「いいにつけ、悪いにつけ、予言は聴かない方がいい。何も云わないうちに、早くあの件を殺してしまえ」

その声を聞いて私は吃驚《びっくり》した。殺されては堪らないと思うと同時に、その声はたしかに私の生み遺した倅《せがれ》の声に違いない。今迄聞いた声は、聞き覚えのある様な気がしても、何人の声だとはっきりは判らなかったが、これ計りは思い出した。群衆の中にいる息子を一目見ようと思って、私は思わず伸び上がった。

「そら、件が前足を上げた」

「今予言するんだ」と云うあわてた声が聞こえた。その途端に、今迄隙間もなく取巻いていた人垣が俄に崩れて、群衆は無言のまま、恐ろしい勢いで、四方八方に逃げ散って行った。柵を越え桟敷をくぐって、東西南北に一生懸命に逃げ走った。人の散ってしまった後に又夕暮れが近づき、月が黄色にぼんやり照らし始めた。私はほっとして、前足を伸ばした。そうして三つ四つ続け様に大きな欠伸《あくび》をした。何だか死にそうもない様な気がして来た。

大正一〇年／『内田百閒集成　3』

一旦この小説を読んだら最後、もう二度と〝件〟という字の前を素通りすることはできない。読者は皆、〝件〟の予言を共有する秘密結社の一員にされる。そこから抜け出す方法も分からないまま立ち尽くし、ただ呆然と、空っぽの桟敷を見回している。どうしてくれるんですか、と百閒に詰め寄りたくなる。

尽頭子

女を世話してくれる人があったので、私は誰にも知れない様に内を出た。その女が、だれかの妾だと云う事は、うすうす解っていた。人の一人も通っていない変な道を、随分長い間歩いて行ったら、その家の前に来た。二階建《だて》の四軒長屋の左から二軒目の家である。左が北だと云うこと丈は、どう云うわけだか、ちゃんと知れていた。内に這入《はい》ったら、すぐに座敷へ通された。馬鹿に広い座敷で、矢張り何となく白けている。その座敷の真中に、たった一人だけで坐っているのは、あんまり気持がよくない。無暗に顔が引釣るらしい。顔を洗ってよく拭かずに、そのまま乾かしている様な気持がする。大分たってから、そこで御飯を食う事になった。大方晩飯だろうと思う。女がお給仕をしてくれた。広い座敷の真中に坐っているのが、どうも気に掛かって、何だか落ちつかないのだが、仕方なしに女の顔を見ながら、飯を食っていた。女は滅多に話しもしない、私も別に云う事はないから、黙っていた。顔の輪郭などは、はっきりしないけれども、いい女だと思った。ただ時時白い手を動かした。少しふくらんだような手の恰好が、はっきりと見えて、私の心を牽《ひ》いた。ところが、始めの内はよく解らなかったけれども、女はその白い手の甲で自分の鼻の頭を、人の目を掠めるようにすばしこく、頻《しき》りにこすっては知らぬ顔をしている。いやなことだから、よして貰いたいと思ったけれども、云っては悪かろうと思って、黙っていた。狐と一緒にいる様な気がし出した。

　暫らくそうして坐っていた。御飯も、ただいい加減に食っていた。段段外が暗くなって、夜になりそうに思われた。変な手附きをするのが気にかかるけれども、女が可愛くなって来た。すると、いきなり表の格子戸が開いて、旦那が帰って来た。私は呼吸が止まる程に吃驚して、うろたえた。逃げることも出来ないし、隠れようたって、家の様子がわからない。捕まったら大変だと思って泣きそうになった。女は矢張り坐ったまま、白い手を二三度鼻の尖《さき》に持って行った後で、こう云った。

「皿鉢小鉢てんりしんり、慌ててはいけません。私がいいようにして上げますから落ちついているといいわ」

　そう云ったのだろうと思うけれども、始めの方に云ったのは、何のことだか解らない。その内に、旦那が一人の男を従えて、上がって来た。私の方を、じろりじろりと見ているらしい。私は圧《お》しつぶされる様な不安を感じながら、お膳の前に坐ったまま、お辞儀をしようか、逃げようかと考えていた。すると、女が旦那に向かって、

「この人がまた今日お弟子入りに来ました。それで、今御飯を上げたところです」と云った。

「有りがとう御座いました」と私は云って、お辞儀をした。旦那はそれを聞くと、そのままずうと、二階へ上がってしまった。長い顔で恐ろしく色が青い。目の縁に輪が立って、甚《はなは》だ不機嫌な様子をしている。その後から又、旦那の後についていた男が、陰気な顔をして、私をじろりと見た。その男は旦那の弟に違いない。同じ様に長い顔をして、目の縁に輪を起《た》てている。そうして矢張り旦那の通りに不機嫌な様子をして、二階に上がってしまった。それから、その男の後を追うようにして、女もまた二階に上がってしまった。私はほっとして溜息を吐《つ》いた。それから起ち上がって、ふらふらと縁側の方に出て行った。泉水の中に団子の様な金魚が泳ぎ廻っている。大分暗くなっていて、遠くの方はもう見えない。淋しく物悲しくなってしまった。飛んでもない所へ来て、困った事になったと思った。何の弟子になるんだか、ちっとも見当がつかない。女に確めて置きたいけれども、一緒に二階へ行ってしまったから、どうする事も出来ない。外の者のいるところで、そんな事を聞いたら、すぐに事がばれてしまうだろう。すっかり解っているような顔をしていなければならないのは困ると思った。一《いっ》そのこと、逃げてしまおうかとも考えたけれど、そんな事をしたら後で女が困るにちがいない、それも可哀想だから止そうと思った。全体旦那の商売が解らないけれども、あんな顔をしている位だから、どうせ碌《ろく》なものではないに極《き》まっていると思った。

縁端で困っていると、二階から弟と女とが降りて来た。二人とも私の前に並んで坐

った。弟が懐《ふところ》から赤い紙を出して、

「それでは」と云った。「こう云う号をつけて上げるから、そのお積りで」

「いい号がつきました事、お礼を仰しゃい」と女が傍から云った。

「有り難う御座います」と云って、私はその赤い紙に書いてある字を読んだ。「尽頭《じんとう》子《し》」と書いてある。何の事だか解らない。もとの通りにその赤い紙を畳んで、大事に懐に入れて置いた。そうして女の方を見た。気がついて見ると、もうさっきの様な手附きはしていない。事によるとあれは始めて会って極りがわるいから、胡魔化《ごまか》していたのかも知れない。今はただ、ぼうとした様子で坐っている。何か云ってくれればいいと思うけれども、なんにも云ってくれない。弟もただそこに坐っている計りである。号をつけてくれた限《き》りで、知らん顔をしている。どうしていいんだか丸っきり解らない。この上、弟の方から何か云い出されたら、迚《とて》も辻褄を合わしていられなくなって仕舞うに違いないから、早く今の内に座を外そうかと思う。けれども矢張りどうかして、もう少し様子を探って、凡《およ》その見当丈はつけて置く方がいいだろうかとも考えた。腹の中で、うろうろ迷っている内に、女はすうと起ち上がって、又二階へ行ってしまった。弟と二人限りになっては、いよいよ気づまりだから、私は何かちっとも係り合いのない世間話でもして、この場を胡魔化したいと思った。何を云い出そうかと考えていると、その男はふらふらと起《た》ち上がって、何処からか大きな箱を持って来た。石油箱の様な恰好で、またその位な大きさで、手習の反古《ほご》の様な紙がべたべたに貼り詰めてある。その蓋をあけて、中から汚いむくむくした古綿の様なものを摑《つか》み出して、「少し揉んで置こう、君も手伝え、尽頭子」と先生の弟が云った。

云う事が馬鹿に横柄になったのに驚きながら、「はい」と答えたけれども、何をするんだかわからない。箱の中に手を突込んで、一摑み摑み出して見ると、綿ではなくて艾《もぐさ》であった。それを、私の前に坐っている先生の弟は、片手の指尖《ゆびさき》で千切っては揉んで、梅干位な大きさの団子を幾つも幾つも拵《こし》えている。

「尽頭子」と彼が云った。「そんな恰好では、すぐに落ちて仕舞うではないか、気をつけなさい」

それでもう先生の弟は怒っている。どんな顔と云うことは出来ないけれども、何となく怒った様な顔になってしまった。私は当惑して、どうしたらこの場を胡魔化せるだろうと、はらはらしていると、二階で人の動く物音がし出した。私の女は二階で何をしているのだろうかと思い出したら、又それが気になって堪らない。好い加減に艾を揉んでいると、先生の弟は不意に起って、何だか怒ったらしい様子で、向うへ行ってしまった。もう大方日が暮れて仕舞いそうである。泉水の中の金魚は、いやに赤い色を帯びて来て、薄暗い水の中に浮いたり沈んだりしている。家の中の様子が変に陰気で、薄気味がわるい。こんなにしていて、無暗に艾を揉んでいて、つまりは大変な事になりそうで心配で堪らないから、もう一切思い切って、逃げて帰ろうかと思っていると、女が来た。

「私はもう帰りたい」と私が云った。

「いけませんよ。今夜は泊ってくのかと思ったのに」と云って、白い手を、にゅっと私の方に出した。私がもじもじしていると、女はその手をそのまま私の膝の上に置いた。手の触れているところが、温かいのだか、冷たいのだかよくわからない。

「今夜はねえ、先生はまた出かけますから、途中から抜けて帰っていらっしゃい。貴方は私を忘れてはいないでしょうね」と云った。そう云われて見ると、昔、何かこの女にかかり合いのあった様な気もするけれど、何だか解らない。「じゃそうしよう。けれども――」と云いかけたら、女は私の膝の上に置いた手を急に引込めて、

「心配しないでもいいのよ」と云った。

「けれども、先生がまた帰るだろう」

「いいえ、今夜は大方夜明迄据えても、まだ済まない位だから大丈夫よ」

「据えるって、どうするんだ。先生は何をする人だい」とやっと尋ねた。

「先生は馬のお灸を据える先生だわ」と女が平気で云った。

「馬のお灸――」と云ったなり、私は声が出なくなって仕舞った。馬にお灸なんか据

えたら、馬がどんな顔をするだろうと思った。あの、人間の眼の通りな形をした大きな目玉が、どんなに人を睨《にら》むかも知れないと思った。そう思って見た丈で、もう恐ろしくて堪らなくなった。

するとニ階から、先生が下りて来た。後から先生の弟が、鞄を提げてついて下りた。女は起って、向うの方に行っている。

「お前は提燈を持って来い、尽頭子」と先生が云った。

「ちっとも揉めていない。何をしていたか」と先生の弟が同じ様な声で云った。私は、もう女の事が知れたのではないかと思って、ぎょっとした。先生の弟は、そう云ったきりで、黙ってしまって、自分で艾を鞄に詰めて、それからみんなで出かけた。女が提燈に灯を点して、私に渡した。外はもう真暗だった。幅の広い淋しい道を、私は二人の先に起って歩いて行った。

道には石炭殻が敷いてあった。道の片側には何処まで行っても尽きない黒板塀が同じ様に続いていた。塀が高くて、提燈の明りは上の方まで届かなかった。道にちらかった石炭殻のかけらの角に灯が射して、黒い道がきらきらと光る事があった。先生も先生の弟も、途途《みちみち》一言も口を利かなかった。

その道をどの位歩いたか解らない。やっと黒板塀が切れたと思ったら、道が曲がった。そうして恐ろしく大きな家の前に出た。雨天体操場の様な恰好で、トタン屋根らしかった。中は真暗がりで何も見えない。

「尽頭子提燈を持って先に這入《はい》れ」と先生が云った。私が提燈を持って、その家の中に這入りかけると、不意に大きな風が吹いて、屋根の上を渡った。その途端に、屋根の下の暗闇の中で、何百とも知れない小さな光り物が、黒い炎を散らした様に、一時にぎらぎらと光った。それを見て、私は提燈を取り落とす程吃驚《びっくり》した。馬の目が光ったのだなと気がついた時には、家の中はもとの通りの暗闇で、馬が何処にいるんだか見当もつかなかった。風も止んでいた。

「何をして居るか尽頭子」と先生が云った。

私はうろたえて、提燈を持ち直した。もう恐ろしくて、歯の根が合わない。呼吸の詰まる様な思いをして、暗い家の中に這入って行った。提燈の薄暗い明りで透かして見ると、奥の方の暗闇に、大きな馬が数の知れない程押し合っているらしい。先生の弟が一人で、つかつかと奥の方へ歩いて行った。どうするのだろうと思って、後を見送っている時、また一陣の風が起って、屋根の棟を吹き渡った。すると暗闇の中にいる馬の大きな目が、さっきの通りに光りを帯びて、爛爛と輝き渡ると同時に、その時馬の間に起っていた先生の弟の姿が、燃えたっている馬の目の光りで、暗闇の中にありありと浮かび出た。その顔を一目見たら、私は夢中になって悲鳴をあげた。いきなり提燈を投げすてたまま、知らない道を何処までも逃げ走った。もう女どころではなかった。先生の弟は馬の顔だった。

大正一〇年／『内田百閒集成 3』

じんとうし。耳で聴いても漢字を見ても、正体がつかめそうでつかめない。由緒正しい感じもすれば、どこか可愛らしくもある。シルクロードから伝わる宮廷菓子か、または山深い寂しい村で発見された、新種の茸だと言っても通用しそうだ。もう一つの難題は、〝皿鉢小鉢てんりしんり〟である。書き写すだけで恐ろしい。禁断の呪文を唱えてしまった気分に陥る。いつの間にか、どこかで瞬く馬の目の光が、こちらを射抜いている。

蜥蜴

　私は女を連れて、見世物を見に行った。横町のない、恐ろしく広い町を、随分長く歩いて来たのだけれども、何処まで行っても道が曲がらなかった。道の真中にところどころ小石が散らかっていて、石の間から草が生えて、蜥蜴《とかげ》が遊んでいた。時時人が歩いて来て、擦れ違いに私と女との顔を見た。始めのうちは何とも思わなかったけれども、歩いている内に、段段それが心配になって来て、早くこんな道を曲がってしまいたいと思った。けれども、道にはかんかん日が照っていて、何処迄行っても横町がないから、矢っ張り同じ道を歩いて行った。歩きながら、私は時時女の手を握って見た。女の手はつるつるしていて、手ざわりが冷たくて、握って見ると底の方が温かかった。長く握っていると、段段熱くなって来るから、私はまた女の手を離して歩いた。女は私のする通りにして、黙ってついて来た。

　そのうちに、今まで静まり返っていた町が、何となく騒騒しくなって来た。行き違う人の数も次第に殖えて来て、犬が吠えたり、太鼓の音が聞こえたりすると思ったら、向うから見世物の広告がやって来た。大きな幟《のぼり》に、熊が牛の横腹を喰っている絵がかいてある。熊に喰われたところから血が流れて、幟が真赤に染まっていた。私はその絵を見たら、もう見世物へ行くのが厭になったから、女にそう云って止めて帰ろうと思うと、丁度その時、手を握っている女が急に私の手を強くしめて、「まあ面白そうね、早く行きましょう」と云った。私は吃驚して、自分の思った事が云われなかった。

向うの空に、黒雲が拡がって来た。雲の色に濃いところと薄いところとのある大きな斑《まだら》が出来て、雷がどろどろと鳴り出した。今までかんかん日の照っていた町が俄《にわか》に暗くなって来た。足許《あしもと》を風が吹いて、小石の間に縺《もつ》れていた草の葉が解けて、ふらふらと揺れ出した。私はこんな日に、女を連れ出したのを後悔したけれど、もう後へ引返すことも出来なかった。女の手が次第に温かくなるように思われた。それも私には何となく恐ろしかった。

とうとう、見世物小屋の前に来た。大きな青竹に乳《ち》を通した赤い幟が幾本も起ち並んでいる。時時風が吹いて来ると、幟が一度にぱたぱたと重たそうな音をたてた。空に黒雲が流れているから、赤い布に薄暗い皺が出来て、その陰に坐っている木戸番の男の顔も陰気に見えた。木戸番は時時大きな声を出して、何だかわからぬ事を喚きたてた。客を呼んでいるんだろうと思うけれども、小屋の前には私と女の外に、一人も人はいなかった。私はこんな景色を見て、猶《なお》のこと中へはいるのが厭になった。

女にせきたてられて、木戸銭を払ったら、木戸番が大きな木札を敲《たた》いて、「一枚、二枚」と怒鳴った。中から法被《はっぴ》を著た青坊主が出て来て、私と女を薄暗い奥へ連れて行った。這入《はい》る時にまた雷が、さっきより余程近いところで、ごろごろと鳴った。

小屋の中は恐ろしく広かった。その中に見物人が、柘榴《ざくろ》の実を割った様に、一ぱいに詰まっていた。その癖、四辺《あたり》は森《しん》としていて、身動きをする者もないらしい。私はそんな所へ女を連れて這入るのは気がひけたけれども、案内の坊主は構わずに、ずんずん奥の方へ私達を引張って行った。木戸から這入った所の横に舞台があって、その向うが桟敷だった。桟敷の一番前は、跨いで上れる位の高さで、後の方へ行くに従い、段段高くなっていて、私と女の坐った辺は、地面から何丈も高くなっていそうに思われた。

私は女と並んで坐って、舞台の上を眺めた。舞台の上には何もなかった。奥の方は薄暗くて、よく見えなかった。暫らくすると、松明《たいまつ》の様な焰《ほのお》を持った裸の男が、その薄暗い奥の方を通って、何処かへ行ってしまった。その時、舞台の奥の暗いところに、大きな檻がいくつも並んでいるのが、ぼんやり見えた。あの中に熊がはいっているのだろうと思ったら恐ろしくなった。女が私に、

「何か食べさして頂戴」と云った。私は熊の檻が気にかかって、それどころではないのだけれど、それでもそう云う女が可愛くもあった。桟敷には一面に蓆《むしろ》が敷いてあった。その上に座蒲団を敷いて坐っているのだから、座蒲団の外に食《は》み出《だ》している足の

先に、蓆の藁があたって痛かった。女は猶のこと痛かろうと思った。兎《と》に角《かく》、何か売りに来たら買ってやろうと思った。

不意にどこかで、ごうごうと云う響が聞こえた。始めに聞いた時は、また雷が鳴ったのだろうと思った。すると暫らくして、またそんな声がした。今度は、舞台の奥に聞こえたので、熊が吼《ほ》え出したのだろうと思った。大きな穴の底に、上の塊りが崩れ落ちる様な声だった。その声が止んで暫らくすると女が、

「まあ」と云って、うれしそうな溜息をついた。

それから、まだ長い間待っていた。仕舞に舞台の上へ四五人の男が出て来て、忙がしそうに動き廻った。私はこれから飛んでもない事が起るのではないかと心配しながら、一生懸命に見ていた。すると、今まで舞台の上を彼方此方動いていた男が、一人もいなくなってしまったと思ったら、間もなく薄暗い奥から、大きな檻を押し出して来た。檻の中には、話にきいた事もない様な大きな黒熊が、横を向いて蹲踞《うずくま》っていた。今迄水を打った様に静まり返っていた見物が、一度にぱちぱちと手を拍《う》った。それでも熊は知らぬ顔をして、向うを向いていた。その様子が又非常に恐ろしかった。「もう帰ろう」と私が女に云った。

「だってまだ一番も見ないのに」と女が云って、起ちかけている私の袂《たもと》を引張った。

私は腰を落ちつけて、ふと舞台を見たら、熊は何時の間にか四つ足で起ち上がって、

首を低くして、格子の間から見物席の方をねらっていた。

それから暫らくすると、今度は裸の男が二人で、舞台の奥から、大きな黒牛を牽《ひ》いて来た。牛は舞台に出て、檻の中の熊を見ると、いきなり恐ろしい声で吼え出した。そうして、熊の檻の方へ近寄ろうとするのを、裸の男が二人で、一生懸命に後へ引張っていた。熊は牛を見ると腹這いになる程脊をひくくして、牛の方へ向いたまま、黙ってじっとしていた。その様子が、吼えたけっている牛よりも、猶怖《なおこわ》かった。

その内に、何処からか又裸の男が二三人出て来て、熊の檻の戸を開けそうにしている。今熊を出したら大変な事になると思って、私は腰を浮かしながら、よく見たら、熊の頸には鉄の輪が嵌《は》めてあって、それから二本の鎖が垂れていた。それを両側から二人の男が手に取って、熊がどちらへも寄れない様に左右から身構えをした。その時、外の男が檻の戸を開けてしまった。熊は鎖に引かれる通りに、おとなしく、のそのそと檻を出て来た。

「とうとう出たのね。本当に死ぬまでやらせるのか知ら」と女が待ちかまえた様に云った。

熊が広い舞台の上に四つ足で起っている。その姿が何とも云われない程気味が悪い。見物がみんな平気でいるらしいのが不思議だった。私は自分がこんな所へ何故来る気になったのだろうと思った。そうして、連れて来た女が、次第に無気味に思われ出して来た。

　牛がまた大きな声で吼えた。すると、今まで二人の男の間におとなしくして居た熊が、いきなり前肢をあげて、起ち上がりそうな身構えをした。それを両側の男が、鎖を張って抑えつけようとすると、今度は後にのめる様にして、首をはげしく振り始めた。両側にいる男が非常に驚いたような様子をした。舞台がどことなく不穏になって来て、五六人の男が熊のまわりに集まった。

「ずい分力が強いらしいわね」と女が云ったので、私は吃驚した。女が面白くて堪らない様な顔をしているのが、憎らしくもあり、又何だか合点が行かなかった。

　熊が益《ますます》はげしく首を振り始めたので、廻りの男が段段狼狽し出したらしい。大きな声で何か罵り合った。「駄目だ、駄目だ」と云う声がその中に混じって聞こえた。その時、牛がまた恐ろしい声をして吼えた。

「もう帰ろう」と云って、私は女の手を執った。女の手は火の様に熱くなっていた。

「何故」と云って、女はにこにこと笑った。

　その時、また牛が吼えた。その声がさっきよりは変っている。太いなりに上ずった様な声で、二声三声続け様に吼えた。すると、女は熱い手で、私の手を痛い程握り締めた。

「ねえねえ、あなたは何故帰るの」と云った。女の云うことが、何となく今の場合と食い違っている。私はびっくりして女の顔を見た。女は溶ける様な笑顔をして、私の目を見つめていた。私はまたそれが恐ろしくなって、思わずあたりを見廻したら、何時の間にか見物人は誰もいなくなってしまっていた。広広とした桟敷に、座布団が彼方此方へかたまった様になって散らかっているのが、非常に淋しかった。私はもうじっとしていられなくなった。女を振り離して逃げようと思って、女の握っている手を力まかせに後に引こうとすると、舞台の方で人の悲鳴が聞こえた。裸男の中の一人が、側腹《わきばら》を熊にくわえられていた。血が流れて、からだが真赤になった。もう舞台にはだれもいなかった。熊がその死骸をほうり出して、後肢で起ち上がった。牛に飛びかかろうとしている。私は今逃げなければもう駄目だと思って、女を突き飛ばした。夢中になって、桟敷を馳け下りようと思った。その時、ふと向うの舞台を見たら、熊が飛びかかって、牛の頸に前肢を巻きつけたところだった。その様子が余り恐ろしかったので、顔を背ける様に後を向いたら、その途端に、女がいきなり飛びかかって来て、私の頸に両腕をかけて、しがみついた。私は苦しくて身悶えをした。今にも舞台の熊が来やしないかと思って、女を振り離そうとするのだけれども、女は頸に巻いた両腕を益《ますます》かたく締めて、私を離さなかった。私は恐ろしさと苦しさとで夢中になって、もがいているうちに、段段力が衰えて来た。冷汗をかいて、ぐったりして来た。すると、女が私の耳もとに口をよせて、

「あなたはまだ本当のことを知らないのでしょう」と云った。

私はどうでもいいと思って黙っていた、だが一体この女は誰だったのだろうと思って、考えて見たけれど解らなかった。

「あたしがこれから教えて上げるわ」と女がまたやさしい声で云って、私を軽軽と抱き上げた。そうして、どんどん桟敷を下りて、舞台の方へ歩いて行き出した。私は吃驚して悲鳴をあげた。手足を一生懸命に動かしてあばれた。女が一足ずつ舞台の熊に近づいて行く足取りが、私のからだに恐ろしく伝わって、仕舞には声も出なくなってしまった。手足もしびれて動かなかった。ただ抱かれている女の顔ばかりが目さきにちらついて、外の事はなんにも解らなくなった。

大正一〇年／『内田百閒集成　3』

なぜこのタイトルなのか、一瞬、戸惑う。見世物の主役は熊と牛で、蜥蜴は書き出しの三行めに一度、出てくるだけだ。しかし最後、女が口にする言葉にたどり着いた時、冷たく尚かつ底の方は温かい、彼女のつるつるした手の感触がよみがえってきて、息を飲むことになる。やはり柘榴の実を割ったような見世物小屋には、足を踏み入れない方が無難であろう。

梟林記

去年の秋九月十二日の事を覚えている。夜菊島が来て、暫らく二階で話をした。帰る時私も一緒に外に出て、静かな小路をぶらぶらと歩き廻った。病院の前の広い道に出たら風がふいていた。薄明りの道が道端に枝をひろげている大きな樹のために、急に暗くなったところに坂があった。坂の上に二十日過ぎの形のはっきりしない月が懸かっていた。

私は家に帰って、また二階に上がった。部屋に這入ろうと思いながら、縁の手すりに靠《もた》れて空を見ていた。隣りの屋根の上に、細長い灰色の雲が低く流れて、北から南へ棟を越えていた。さっき坂の上で見た月がその中に隠れていた。雲の幅は狭いのに、月はいつまで経ってもその陰から出て来なかった。雲の形は蛇の様だった。

十一月十日の宵、細君が二階に上がって来て、

「大変です、今、お隣りに人殺しがあって」と云った。「ああ怖い、旦那さんも奥さんも書生さんも殺されてしまって、台所の上がり口に倒れています」

私はその言葉がすぐには感じられなかった。

「外から見えるんですって」と細君が云った。

辺りはいつもの夜の通りに静まり返っていた。夜風を防ぐ為に早くから閉めて置いた雨戸の内側には、明かるい電気の光りが美しく溢れていた。

私は何故と云うこともなく、細君の恐ろしい言葉をきいた始めから、九月十二日の夜の細長い雲を思い出していた。


隣りは私の家の大家であった。

私は主人に面識がなかったけれども、家の者はみんな知っていた。温厚な敬虔な人らしかった。赭顔《あかがお》の老人なので、私のうちの子供達は「赤いおじさん」と呼んでなついていたそうだけれど、それも私は知らなかった。

奥さんには私も一二度会った事があった。私に遊びに来いと云って、隣りから呼びに来たことがあった。私は行かなかったけれども、その時、裏の上がり口で二言三言話した挨拶が、十一月十日の夜、恐ろしい隣りの変事を聞いた時、すぐに私の記憶に甦って来た。

養父母となる筈だったこの平和な老夫婦を殺害して、その場に自殺した大学生については、私は何も知るところがなかった。去年の春、私の家の子供がファウストの中にある鼠の歌を、家に遊びに来る学生達に教わって、頻りに歌っていた時分、隣りの二階の縁で、その歌のメロディーをハモニカで吹く人があった。大学生と云うのは、その人ではなかったかとも思ったけれど、またそうではないらしくも思われた。あくる日新聞に出た写真を見ても、私はその顔に見覚えがなかった。

十一月十日は金曜日で、私が毎週横須賀の学校に行く日であった。午後帰って来て、夕食を終った後、私は二階の部屋に這入ってぼんやり坐っていた。その日は午前中三時間の中の一時間が休みになっていたので、私は一人、海岸につづいている広い校庭に出て見た。空が薄く曇って、寒い風が吹いていた。時時細い雨が降って来る事もあったけれど、またすぐに止んだ。

一面に枯草の倒れている原の中に、私の外だれの人影もなかった。不意に、海から引き上げたボートの舳に恐ろしく大きな鳥が止まっているのを見て私は吃驚した。鳶の様な形をしているけれども、大きさは鳶の何倍もあった。私がその鳥に気がつくと同時に、鳥は長い翼をひろげて、静かに空にのぼって行った。その姿を見て、私は恐ろしくなった。翼は一間もあった様に思われた。私の頭の上をゆるく二三度廻った後で、急に速さを増して、海を横切って三浦半島の方へ飛んで行った。

机の前にぼんやり坐っている私の頭の中に、その大きな鳥の姿が浮かんで来た。あれが鷲《わし》だろうと後で私は考えた。

それから私はまた磯の方へ歩いて行った。その時私の踏んで行く枯草の中に、何か動くものがあると思ったら、私のすぐ前から、一時に、何百とも知れない雀と鶸《ひわ》との群が飛び立って、入江を隔てた海兵団の岸に逊《に》げて行った。

私はまたその鷲に逐われて、地面にひそんでいた小鳥の群のことを、ぼんやりと考え続けていた。

海岸に、四五尺許りの高さで、一間四方位の座を張った台があった。私はその台の上に上がって、仰向にねて空を見ていた。雨気をふくんだ雲が、ゆるく流れて行った。遠くで水雷艇の吼《ほ》える様な汽笛が聞こえた。時時後の山で石を破る爆音が聞こえた。それに交じって海兵団の方から軍楽隊の奏楽の声が聞こえて来た。長い間私はその台の上にねたまま、じっとしていた。

「あの時己は泣いて居たのではないか知ら」と私は自分の部屋の明かるい電燈の下に坐って考えて見た。けれども、何の為に泣くのだと云う事を考え当てることは出来なかった。ただ何となく、九月十二日の夜、隣りの棟にかかった細長い雲の中から、何時迄まっても月が出て来なかった時と同じ様な気持がした丈であった。

そのうちに、私は少し眠くなって来た。机の前に坐り直して、暫らく転寝《うたたね》をしようと思った。懐手《ふところで》をして目をつぶっていたら、廃艦になった橋立艦が目の前に浮かんで来た。学校の庭続きの海岸に、橋立は何ヶ月以来、茫然と浮かんでいる。煙突はあっても煙が出なかった。甲板の上に人影を見た事もなかった。そうして何時出て見ても、同じ所に同じ方を向いて浮かんでいた。

私は半ば眠りながら橋立の事をぼんやり考えていた。大砲を取り外した後の妙にのっぺりした姿が、段段ぼやけて来る様な気がした。それから少しずつ前後に動く様に思われ出したら、じきに私は寝入ってしまった。

私は目がさめてから、煙草を吸っていた。坐ったまま眠った膝を崩して、胡座《あぐら》をかいていた。どの位眠ったか解らなかった。けれどもまだそんなに夜が更けているらしくもなかった。ただぼんやりして、まだ何も考えていなかった時に、下から細君が上がって来た。そうして恐ろしい隣りの変事を告げた。

私は下に降りて行った。四肢に微かな戦慄を感じた。時間は九時前であった。その少し前に家の者が外へ用事に出て、始めて隣りの騒ぎを知ったのであった。殺害の行われたのは後になって知った時間から推すと、私が横須賀から帰って来て、夕食をした前後らしかった。私が二階の部屋に這入った頃には、もう老夫婦は斬殺せられて座敷や台所に倒れ、加害者の青年は二階に縊死《いし》していたらしい。私も亦私の家の者もだれ一人そんな事は何も知らずに夕食をすまして、私は自分の部屋に無意味な空想を弄び、子供や年寄はもうとっくに寝てしまっていた。

私は内山と一緒に外へ出て見た。外は暗くて、寒かった。隣りの家はひっそりしていて、門の潜り戸が半分程開いていた。私はその前に立ち止まりかけた。すると、いきなり向側の門の陰から巡査が現われて、

「立ち止まってはいけない。行きたまえ行きたまえ」と云った。

私は吃驚したけれども、

「私は隣家のものです。何だかこの家の人が殺されたと云う話をきいて、今出て来たのです。事によれば見舞わなければなりませんが一体どうしたのですか」ときいて見た。

「まあ、それはもう少しすれば解ることだから、兎《と》に角《かく》そこに立っていてはいけない。行きたまえ行きたまえ」と巡査が云った。

その時、半分開いていた潜り戸をこじ開ける様にして、中から別の巡査が出て来た。そうして、私に向かって、話しかけた。

「あなたは御隣りの方ですか、この家は全体幾人家内だったのです」と私に尋ねた。ところが私はそんな事を丸っきり知らなかった。

「実は今、この家の者はみんな逃げ出してしまって、だれもいないのです。それでちっとも様子がわからないのですが」

とその巡査がまた云った。巡査の声が耳にたつ程慄えていた。殺されているところ

を見て来たのだろうと私は思った。私はその巡査の声を聞いている内に、恐ろしさが段段実感になって来るのを感じた。

私は内山と二人で角の車屋に行った。車屋の庭に五六人の男が立ち話をしていた。神さんが私を見ると、いきなり、

「旦那大変で御座いますよ」と云った。

庭に立っている男は新聞記者らしかった。

奥さんは台所に倒れて、辺り一面に血が流れている。主人は全身に傷を負うて座敷に死んでいる。そうして青年は二階の梁に縊死していると云う事がわかった。

「犯人は外から這入って、やったんだ。座敷に泥足の跡が一面に残ってると云うじゃないか。その学生も同じ犯人に殺されたのさ。殺して置いてわざと縊死した様に見せかけたのさ」と一人の記者らしい男が云った。

「そんな事があるものか。その二階に縊死している書生が犯人だよ。わかり切ってるじゃないか」と他の男が云った。

私は帰る時、神さんに、だれも知らなかったのですかと尋ねて見た。

「ええ旦那さっきだれだかこの前を、ばたばたと駈けて行ったんですよ。するともう、あれなんで御座いますよ」と神さんが云った。

私は家に帰って、頸巻《くびまき》をまいて、一人で裏の通りにあるミルクホールへ行った。途中の酒屋の前にも二三人、人が立っていた。そうして声をひそめて、恐ろしい話をしあっていた。

みんなの話を聞いて、大学生が老夫婦を殺して自殺した事はわかった。愛の為に、踏み止まるべき所を乗り越えて、恐ろしい道を蹈んだのだと云うこともほぼ解った。私はぼんやり牛乳を飲んで帰った。牛乳を持って来てくれた女は、頻《しき》りに著物の襟を掻き合わせながら、「怖い、怖い」と云い続けた。

私が家に帰ってから後、二三人の新聞記者が色色な事を聞きに来た。けれども凡そ彼等を満足させる様な事は、私は勿論《もちろん》、家の誰も知らなかった。

子供には、学校で友達から聞いて来る以上に委《くわ》しい事は何も知らせてはいけないと云いつけて置いて、私は寝た。蒲団が温まるにつれて、私の心から恐ろしさが薄らいで行った。不意に隣りに落ちかかった恐ろしい運命の影が、ただ一枚の板塀に遮られて、私は次第に宵の出来事を忘れそうになって来た。そうして寝入った。夢もその前の夜の如く穏やかであった。

その翌日はうららかな小春日和であった。子供は何も知らないで、いつもの通りに学校へ走って行った。

「今朝早く葬儀自動車が来て、書生さんの死骸だけ連れて行ったんだそうです」と細君が小さい声で話した。

ひる前、私は二階に上がった。美しい日が庭一面に照り輝いていた。隣りの二階には、雨戸と雨戸との間が細く開けてあった。その隙間から見える内側は暗かった。

ひる過ぎに、日のあたっている茶の間の縁側で、小学校から帰った女の子が、大きな鋏を持って、毛糸の切れ端の様なものを頻りに摘み剪《き》っていた。そうして、ふわふわした、毛むくじゃらの球の様なものを、幾つも拵《こしら》えていた。

「何だい」と私がきいて見た。

「これは殺された人の魂よ」と彼女が云った。そうしてその中の一つを手に取って、ふわりと投げて見せた。

大正一二年／『内田百閒集成 3』

鳥は侮れない生きものである。たとえ掌にすっぽり隠れるほど小さく、か弱く、簡単に握り潰してしまえるとしても、油断してはならない。彼らは、私たちが到底留まることのできない宙の一点から、瞬きもせずに世界を見つめている。羽毛に包まれ、翼によって浮上するそれを、人間は魂と呼ぶ。そのことを知っているのは、小さな女の子、ただ一人きりだ。

旅順入城式

五月十日、銀婚式奉祝の日曜日に、法政大学の講堂で活動写真の会があったから、私も見に行った。

講堂の窓に黒い布を張って、中は真暗だった。隙間から射し込む昼の光は変に青かった。

色色取り止めもない景色や人の顔が写っては消えて行った。陸軍省から借りて来た煙幕射撃の写真などは最も取り止めのないところがよかった。無暗に煙が濛濛《もうもう》と画面に立ち罩《こ》めて、何も見えなくなってしまった。その煙が消えて画面が明かるくなると思うと、写真が消えてしまって、講堂の中が明かるくなった。

それから亜米利加《アメリカ》の喜劇や写真などが、明かるくなったり消えたりした後、旅順開城の写真が始まった。陸軍省から来た将校が演壇に上がって、写真の説明をした。この写真は当時独逸《ドイツ》の観戦武官が撮影したもので、最近偶然の機会に日本陸軍省の手に入った。水師営に於ける乃木ステッセル両将軍の会見の実況も這入《はい》って居り又二龍山爆破の刹那も写されている、恐らく世界の宝と申してよろしかろうと思いますとその将校が云った。そうして演壇に立ったまま、急に暗《やみ》の中に沈んでしまった。そのカーキ色の軍服姿がまだ私の瞼の裏に消えない時、肋骨服を著て長い髭を生やして、反り身の日本刀を抜いた小隊長に引率せられている一隊の出征軍が、横浜の伊勢佐木町の通を行く写真が写った。兵隊の顔はどれもこれも皆悲しそうであった。私はその一場面を見ただけで、二十年前に歌い忘れた軍歌の節を思い出す様な気持がした。

旅順を取り巻く山山の姿が、幾つもの峰を連ねて、青色に写し出された時、私は自分の昔の記憶を展《ひら》いて見るような不思議な悲哀を感じ出した。何と云う悲しい山の姿だろう。峰を覆う空には光がなくて、山のうしろは薄暗かった。あの一番暗い空の下に旅順口があるのだと思った。

大砲を山に運び上げる場面があった。暗い山道を輪郭のはっきりしない一隊の兵士が、喘ぎ喘ぎ大砲を引張って上がった。年を取った下士が列外にいて、両手を同時に前うしろに振りながら掛け声をかけた。下士の声は、獣が泣いている様だった。

私は隣りにいる者に口を利いた。

「苦しいだろうね」

「はあ」とだれだか答えた。

首を垂れて、暗い地面を見つめながら、重い綱を引張って一足ずつ登って行った。首のない兵隊の固まりが動いている様な気がした。その中に一人不意に顔を上げた者があった。空は道の色と同じ様に暗かった。暗い空を嶮《けわ》しく切って、私共の登って行く前に、うな垂れた犬の影法師の様な峰がそそり立った。

「あれは何と云う山だろう」と私がきいた。

「知りません」と私の傍に起って見ていた学生が答えた。

山砲を打つところがあった。崖の下の凹《くぼ》みに、小さな、車のついた大砲を置いて、五六人の兵士が装塡しては頻《しき》りに打った。大砲は一発打つと、自分の反動で凹みの中を前後にころがり廻った。砲口から出る白い煙は、すぐに消えてなくなった。音も暗い山の腹に吸われて、木魂《こだま》もなく消えてしまったに違いない。弾丸は何処に飛んで行くのだか、なお心もとなかった。しかしそれでも打たずにはいられないだろうと思った。打たずにいたら、恐ろしくて堪るまい。敵と味方と両方から、暗い山を挟んで、昼も夜も絶え間なしに恐ろしい音を響かせた。その為に山の姿も変ったに違いない。恐ろしい事だ。そこにいる五六人の兵隊も、怖いからああして大砲を打っているのだ。砲口の白い煙が消えてしまうと、私は心配になった。狙いなど、どうでもいいから、早く次ぎを打ってくれればいいと思って、いらいらした。

遠い山の背から、不意に恐ろしい煙の塊りが立ち騰《のぼ》って、煙の中を幾十とも幾百とも知れない輝くものが、筋になって飛んだ。そうしてすぐ又後から、新らしい煙の塊りが湧いて出た。二龍山の爆破だときいて、私は味方の為とも敵の為とも知れない涙が瞼の奥ににじんで来た。

そうして、とうとう水師営の景色になった。辺りが白らけ返っていて、石壁の平家が一軒影の様に薄くたっていた。向うの方から、むくむくと膨れ上がって、手足だか胴体だかわからない様な姿の一連れが、馬に乗ってぼんやりと近づいて来た。そうして、いくら近づいても、文目《あやめ》がはっきりしないままに消えてしまった。

それから土蔵の様なものの建ち並んだ前を、矢張り馬に乗った露人の一行がふらふらと通り過ぎた。そうして水師営の会見が終った。乃木大将の顔もステッセル将軍の顔も霧の塊りが流れた様に私の目の前を過ぎた。

悪戦二百有余日と云う字幕が消えた。鉄砲も持たず背嚢《はいのう》も負わない兵隊が、手頸の先まで袖の垂れた外套をすぽりと著て、通った。道の片側に遠近のわからない家が並んでいるけれど、窓も屋根も見分けがつかなかった。兵隊はみんな魂の抜けた様な顔をして、ただ無意味に歩いているらしかった。二百日の間に、あちらこちらの山の陰で死んだ人が、今急に起き上がって来て、こうして列《なら》んで通るのではないかと思われた。だれも辺りを見ている者はなかった。ただ前に行く者の後姿を見て動いているに過ぎなかった。

「旅順入城式であります」

演壇にさっきの将校の声がした。

暗がりに一杯詰まっている見物人が不意に激しい拍手をした。

私の目から一時に涙が流れ出した。兵隊の列は、同じ様な姿で何時までも続いた。私は涙で目が曇って、自分の前に行く者の後姿も見えなくなった様な気がした。辺りが何もわからなくなって、たった一人で知らない所を迷っている様な気持がした。

「泣くなよ」と隣りを歩いている男が云った。

すると、私の後でまただれだか泣いてる声が聞こえた。

拍手はまだ止まなかった。私は涙に頰をぬらしたまま、その列の後を追って、静まり返った街の中を、何処までもついて行った。

大正一四年／『内田百閒集成 3』

この小説をめくるたび、あれ、もっと長い作品じゃなかったかな、と思う。記憶の中では、実際の五倍、十倍のボリュームを持っている。〝私〟は果てしなくどこまでも、遠い街の中を行進してゆく。その靴音が途切れることはない。いつしか自分が死者になっているのさえ気がつかない。読み終えてもまだ、最後のページをめくり直し、見えない文字に目を凝らしている。

鶴

丹頂の鶴が心字《しんじ》池《いけ》の汀《みぎわ》に沿って、白い砂をさくさくと踏みながら、私の方に歩いて来た。群れを離れて一羽きり餌をあさっているのかと思ったところが、鶴はまともに私の顔を見ながら、細長い頸を一ぱいに伸ばして、段段足を早めるらしい。

広い庭に人影もなく、晴れ渡った空の真中に、白い雲の塊りが一つ、藪の向うの天主閣に向かって流れている。私は近づいて来る鶴に背を向けて、なるべく構わない風を装いつつ、とっとと先へ歩き出した。

急にいろいろの事を思い出すような、せかせかした気持がして、ひとりでに足が早くなった。その中には、既に忘れてしまった筈の、二度と再び思い出してはいけない事までも、ちらちら浮かび出して来そうであった。小さな包みを袂から出して、渡し舟の舷《ふなべり》にそっと手を下ろし、川波がきらきらと輝いて、その中にむくれ上がった様な大きな浪が一つ、舟の腹に打ち寄せて来た。何年たっても、起《た》ち上がった拍子に、或《あるい》は坐った途端に、ありありと思い浮かぶのである。鶴の足音が聞こえて来た。そんな筈はない。その時もう私は馳け出していて、芝生の草の根に足をすくわれ、向脛《むこうずね》をついて、前にのめった頭の上を、さわさわと云う羽根の擦れる荒荒しい音がして、鶴が飛んだ。長い脚がすれすれになる位に低く、茶畑の上を掠めて、向うの土手の腹にとまり、そこから羽ばたきしながら土手の上まで馳け上がって、れいれいと鳴き立てた。その声が、後楽園を取り巻く土手の藪にこだまして、彼方からも、こちらからも、れいれいと云う声が返って来た。

私は身ぶるいして起き上がり、裾の砂を払いもせずに、辺りを見廻すと、池はふくらみ、森は霞んで、土手の上の鶴の丹頂は燃え立つばかりに赤く、白い羽根に光りがさして、起っている土手のうねりが、大浪の様に思われ出した。

鶴は足掻《あが》きを軽軽と見せて、頸をしなやかに曲げながら、水の上を渉《わた》るように辺りを輝やかせつつ、又私の方に近づいて来た。

慌てて踏んだ足許の砂が鳴って、私は飛び上がる程驚いた。足を早めて鶴から遠ざかろうとすると、一足毎に足が竦み、池を廻って逃げようと思う後から、もう鶴の気配が迫って来た。

空の白雲はさっきの儘、大きなお萩の様な形をして、その突端が天主閣に向かっている。あんまり動いていないのを見て、私は何だかほっとする様な気がした。

柄の長い竹箒を持った男が、私の後に起っていると思ったら、矢っ張り鶴であった。爪立《つまだ》てするような恰好をして、いつまでも私の顔をじっと見つめた。

足もとの草の葉も、池に浮かんだ中の島の松の枝も、向うの森の楓の幹も、みなぎらぎらと光り出した。川波に日が射して、眩しい中に一ところ気にかかる物がある。川下の橋から伝わる得態《えたい》の知れない響きが、轟轟と川の水をゆすぶっている。

鶴は人のように歩きながら、私と並んで橋を渡った。小川に水が溢れて、道の砂が濡れている。藪の陰を伝って、裏門まで来て見ると、両方の扉が一ぱいに開かれて、向うに明かるい田圃と、遠い山が見えた。

鶴が急にはっきりした姿になり、又丹頂の色が燃え立ったかと思うと、烈しい羽ばたきと共に、長い頸を遠くの空に向けて、はたはたと立ち上がった。羽風にあおられた途端に、ぞっとして、身ぶるいした。恐ろしさと共に、口惜しい気持がこみ上げて、鶴の飛ぶ姿を一心に見つめた。雛ぐらいの大きさになり、鳩ぐらいになり、雀ほどになるまで、まだその先まで私は見失わなかったと思っている。

昭和一〇年／『内田百閒集成 3』

またしても鳥だ。やはり常々思っていたとおり、どんな種類であれ鳥は特別な使命を帯びている。そのことを百閒が証明してくれている。〝二度と再び思い出してはいけない事〟とは何なのか。〝小さな包み〟には何が入っているのか。知りたくてたまらないけれど、我慢しよう。柄の長い竹箒を持った男はきっと、口がきけないだろうから。

桃葉

四五人の客が落ち合って一緒にお膳をかこんだが、話しもはずまず時ばかりたつ様で、物足りない気持がした。

後からだれかもう一人来る様に思われたけれど、何人を待っていると云う事ははっきりしないなりで、みんなと途切れ勝ちの話を続けていると、暫らくたってから、表で犬が吠えて、それから人の声が聞こえた。

「ああ僕です、いいんです」と云っているのが間近かに聞こえて、取次ぎより先に知らない男が這入《はい》って来た。

「やあ暫らく」と云って私の隣りに坐り込み、それからみんなに軽く会釈した。

「どうも途中で暇どってしまって」と云いながら、そこいらにあった盃を勝手に取って、酒を飲み出した。

何かして手を動かす度《たび》に、紺の様なにおいがした。しかしそう思って嗅ぎなおそうとすると、著古《き》した肌著から出るらしい厭なにおいがして、合点が行かない。

私はその男に構わず、だれに話すともなく話しを続けた。

「机の一輪挿に挿しておいた桃の枝に赤い花が咲いて散ったから、枝を抜いて捨てようと思ったところが、青い葉っぱが出て来たので、まだその儘にしてある」

お客はみんな曖昧な顔をして、ふんふんと云う様な恰好をしているらしく思われたが、その中のひとりが急に頓興な声をして、

「そりゃ、やめた方がいい。貴方はよく平気でいられますね」と云った。

「まあいいさ、それでどうしました」と別の客が私に話しの後を促したが、他の連中も急に耳を澄まして来た気配なので、話しに張り合いがついた様な気がして、

「それから毎日部屋へ這入る毎《ごと》に、気をつけて見ていると、初めは細い枝の肌の所所が、ささくれた様になって、小さな青い葉の尖が覗いていたが、二三日する内に一分ぐらいも伸びて来た様です」と云いかけたところが、今度は今、後から来たばかりの客が乗り出して、

「僕にもその記憶がありますが、貴方はそう云う事をされたのは、今度が初めてではないでしょう」と云った。

「それは以前にもやった事があるかも知れないけれど、今度初めて気がついたのは、昨夜になって、その枝の肌に一所薄桃色の蕾の尖の様なものが出て来たので、目を近づけて見ると、動いているから驚きました。虫だろうと思うのですが、或《あるい》は又もう一度花が咲くかも知れない」

「そんな馬鹿な事があるものですか。貴方は気がつかないのですか」さっき頓興な声

をした客が、もっと上ずった調子で云った。「虫だなどと思っていたら、どんな事になるか知れやしない」

「まあまあ」と後から来た客がそれを制して私に向かい、「それでは序《ついで》だからお話ししますが、貴方は忘れた様な顔をして居られるけれど、栗鼠《りす》の子を小さなボール函に入れて、音楽会へさげて行ったでしょう。栗鼠を売っていた小鳥屋の亭主がへまなものだから、ボール函へ移す時に取り逃がして、一ぱいに日の照っているだだっ広い往来を栗鼠が走り、丁度そこへ来て停まった電車の下をくぐり抜けて、向う側の泥溝《どぶ》へ這い込むところを亭主があわてて捕まえた。それをその儘ボール函の中へ押し込めたのだから、弱っていたには違いないが」

傍で聞いているお客がいきり立って来た様な気配がした。中の一人はハンケチで額をこしこしと拭いた。

「そのボール函を椅子の下へ置いて、夕方までピアノの演奏を聴きながら、時時足許《あしもと》でかさかさと音がするのを気にも止めなかった。そうした挙げ句に帰りは人を誘って鰻屋へ上がり、酒を飲み過ぎてあばれたではないか。なぜそんな気持になったかと云う事を君は自分で隠している。女中の口から、栗鼠に水をやりましたが、只今 俎《まないた》の上で死にましたと聞かされて、又も一あばれあばれたではないか。やっと家まで帰りついて、自分の部屋で机に顔を伏せて泣きながら、合い間合い間に一輪挿の桃の枝から、伸び切った葉っぱを一枚一枚千切っては、そこいらに散らかしたのは、何の為だ。二度目の蕾だの、薄桃色の虫だのと巫山戯《ふざけ》た事はいい加減にしろ、このインチキ野郎」

何だか真黒い拳を突き出したと思ったら、大変な音をさして、お膳を割ってしまった。急に気持がはっきりして、辺りを見極めようとすると、その男はもう玄関の方へ出たらしく、表で変な物音がして、犬が吠えながら、何処かへ走って行った。

昭和一三年／『内田百閒集成 4』

小さな函に入れられた栗鼠。足許で一緒に音楽会を聴いた栗鼠。俎の上で死んだ栗鼠。もうこれだけで十分心を持っていかれる。電車の下をくぐった時に折れ曲がったか細い脚も、ピアノの音色に合わせてかさかさ鳴る音も、俎の水気でぐったり濡れた毛も、全部くっきり浮かび上がってくる。なのに百閒はそれだけで許してはくれず、更に桃の小枝を持ち出すのだ。何てずるい人だ。

柳撿挍の小閑

第一章

木曜日の午後のお稽古を終わって、最後の番の女生徒が出て行った。晴眼《せいがん》の人に対すると同じ様に、丁寧に頭を下げてお辞儀をするのが自分によく解った。

皆皆立居振舞はしとやかであり、自分に向かって親切にいたわってくれる気持は通じるのであるが、しかし今日の稽古のざまは何であるか。私は箏曲を教えるのであって、作法の教師ではない。盲人に対する遠慮ばかりが、教室内の一寸《ちよつと》した物音にも感じられる挙げ句に、自分は却《かえ》って腹立たしくなる。人の手前をいい加減に辷《すべ》り抜けて、一足校庭の芝生に出たら、もう箏の事なぞ忘れてしまうのであろう。急にむしゃくしゃして来て、次ぎ次ぎに出て行った十人許《ばか》りの女生徒を、更めて自分の前に呼び戻したくなった。

最後の番の女生徒が出て行く時、後の戸を閉める音はした様であったが、何かのはずみで、ひとりでに開いたらしい。五月の午後の風が草の葉のにおいを載せて、まともに自分の顔に吹いて来た。風の筋が真直ぐであると云う事を感じる。広広とした校庭の遠くの方に起こった風であろう。草の香りに混じって何か生臭いにおいが鼻についた。

「先生」と伊進が少し後の方から声をかけた。何時間もそこに坐った儘黙っていたので、声が嗄れている。「教員室にお寄りになりますか、すぐお帰りになりますか」

「すぐ帰る」と云って、自分はいきなり起《た》ち上がったが、少し前にのめる様な気がする。いつの間にか伊進が前に廻って、私の手を執ってくれた。伊進は若くもあり、又私の家にいる時も力仕事と云う事をしないから、丸で女の様な柔らかい手をしている。

校庭の芝生から吹いて来る風を横に受けて、長い渡り廊下を行き、中途から庭に下りて、すぐに校門へ出る為、芝のある所を斜に横切った。袴の裾から足にからまる草の穂もある。苜蓿《まごやし》のにおいが頻《しき》りにする。失明前の少年時代に四ツ葉を探した事を思い出す。

「三木先生」と伊進が小さな声で云った。広っぱの真中で、どちらから来るのか解らなかったから、一寸《ちょっと》起ち止まりかけたが、伊進は構わずに前の方へ手を引いた。もう三木さんが向うから、こちらへ近づいていると云う事が解った。しかしまだ早過ぎると思うのに、自然に顔の筋が笑顔に崩れ出した。

お互に近づいて、身近かに人いきれを感じる位になってから、三木さんも自分も立ち停まった。

「まあ、先生」

「やあ」

「今日はどうして、そんなこわい顔をしていらっしゃいますの」

自分は笑っているつもりであったが、人にはもう一つの心の底の、自分ではっきり解らない気持が目に見えるのか知らと思った。

「先生は今週もう学校に入らっしゃいませんのね」

「ええと」

「土曜日のお時間は、祭日になりますから」

「そうです、そうです」

「それで一寸お詫びしておきたいんですけれど、私今度の日曜にはお稽古に伺えませんの」

「そうですか」

「受持生徒の英語会が、祭日の筈だったんですけれど、会場の都合で日曜に延びましたの。私お稽古をお休みして、本当につまらないと思うんですけれど」

「そうですか」

「ほかの日だと、お宅へお稽古に行く生徒達と一緒になりますし、矢張り一週間飛んで次の日曜でなければ伺えませんわ。何だかその間に続きを忘れてしまいそうで、私どうしようか知ら」

「そうですか」

「先生は、そうですかそうですすか計り仰しゃって変ですわ」

「いや、どうも失礼、日曜以外に生徒の来ない日は今日だけですね。今日入らしても構いませんよ」

「でも、もう遅いし、まだ学校の仕事も少し残っていますの」

「夜分は」

「夜分お稽古をして戴いては、今日は学校でお疲れですのに、それに、いいえ先生よしますわ、先生のお宅の御近所は暗くて、人通りも余りないし、どっちから伺っても長い長い塀ばかりなんですもの」

「そうですか」

「又そうですかって、それでは先生、又来週学校でお目に掛かりましょう」

「それでは左様なら」

三木さんは自分にぶつかりそうに、すれすれに渡り廊下の方へ行った。

校門の内側で待っていた俥《くるま》に私を乗せてくれてから、伊進は見えない私に向かって丁寧に頭を下げている。俥が走り出してから、今日の稽古で何人目かの生徒が、いくら直しても直しても、すぐもとの通りになって、たぐる様に手事《てごと》をはずませた癖がふと口に乗り、ぼんやりそれに気をまかせていると、車夫の足音が跛に聞こえる様であった。

第二章

三木さんが来ない日曜の午后は、川向うの松屋敷から臨時の出稽古の依頼が来たので、出掛ける事にした。松屋敷のお嬢さんは永年手にかけた弟子であったが、後にお嫁に行った先の旦那が倫敦《ロンドン》とかに転任したので、一緒について行ったと云う話を聞いてからもう四五年になる。使の者の口上に、婚家の苗字を云って、その若奥様が久久にお稽古を願いたいとの事であったから、多分またこちらへ帰って来たのであろう。

午過《ひるす》ぎに迎えの俥《くるま》が来たから出掛けた。支度《したく》して玄関に出る途中、稽古場に使っている座敷を通り抜けた時、壁際に立て掛けてある琴に手が触れた。それは弟子の使う琴であって、琴袋が掛けてない。何の気もなく触れた指先に、絃《いと》の一本切れている所がさわった。琴の胴がじかに指の腹に当たって、その辺りが馬鹿に広広している様に感じられた。撫でていると琴の胴が少し生温かい様にも思われる。そこの所をこつこつ敲《たた》いて、後からついて来る伊進に注意した。

「はい」と伊進が云った。「後で締めておきます」

何でもない事が急に気に掛かり出した。自分の様な不自由な者は、成《な》る可《べ》く物事にこだわらぬ様にしなければならぬと平生心掛けているのだが、どうもその儘絃《いと》の切れた琴の前を素通りする事が出来ない。

「後でなく、今締めなさい」

「はい」

「何故気がつかないのか」

伊進のもじもじする気配を感じた。何か云おうとしている。又急に気が変わって、自分は勝手を知った家の中を、手さぐりもせずに一人で玄関へ出た。そこで手を敲《たた》いて婆やを呼び下駄を穿《は》かして貰った。「伊進さんはどう致しました」と呟いているのに構わず、自分が歩き出したので、婆やはあわてて裸足で土間に下りて、自分の手を引き、表に待っている俥《くるま》に乗せてくれた。

俥は淋しい町を走り続けて、時時賑やかな通を横切った。又淋しい町裏に這入《はい》った後まで、大通の辻で聞いた人人の足音が耳に残って縺《もつ》れている。

大川の橋は木橋で真中の辺りが少し高い。だから初めの内は車屋の咽喉にかすれる呼吸が聞こえた。幌《ほろ》を外した俥の上にすがすがしい川風が吹いて来る。磧《かわら》の多い川であって、石ころの間から草の生えた原の中を、川の水が帯になって流れていたのを子供の時に見た。三十年も前の記憶だが、今でもそうに違いない。俥が真中の峰を越したので急に速くなった。木の橋だから、その上を通る荷車の音が橋板から橋桁に伝わって、橋全体が轟轟《ごうごう》と鳴っている。その中を私の俥が走り下りた。ゆらゆらするのは俥が揺れる外に、橋も大きく波を打っているのだと思われたが、俥が橋を渡り終わって、地面に車輪の触れた途端に、足の先と腰の辺りから、ずしんと固い物が頭の心《しん》まで抜けた様な気がした。

松屋敷の表に俥が停まると、車夫が声をかけたので、中から女中が出て来て私の手を引っ張った。馴れない手引きだから加減が解らないので足許《あしもと》があぶなくて仕様がない。何年か前までは毎週二度ずつ出稽古をした家なので、当時は勝手も覚えていたが、今はまるで初めての家の様に不安である。広い土間が旧家らしく冷え込んでいて、離れに行くにはそれから長い石畳を渡らなければならない。不自由な自分にはその間が一町もある様に思われる。

離れの座敷に通って気を落ちつけると、身のまわりが何となく何年か前の勝手に戻る様な気がする。不意に騒騒しい下駄の音が石畳の上を近づいて来た。英子さんに違いない。奥様になっても、洋行して来ても、昔の通りの気性だなと思われた。途中で二三度躓《つまず》いた様な音がした。

「まあ先生、お暫らく」と云って呼吸をはずませながら私の身近かに坐った。

「よくお出で下さいました。私また今度こちらへ帰りましたのよ」

「それは結構でした」

「結構だかどうだか解りませんけれど」

長く外国にいて英語ばかり使った所為《せい》か、声が何処となく荒れている。三木さんも英語の先生だが、それとこれとは違うのであろう。

英子さんは散散お饒舌《しゃべ》りをした挙げ句に、暫らく振りのお稽古を願うと云った。自分はここに通されて座についた時から後《うしろ》に琴が立て掛けてある事を知っていたが、初めの内はそれが気にかかったけれど、今は何故か琴に触れるのも面倒臭くなった。離れの後《うしろ》は田圃《たんぼ》であって、その向うの果ての、恐らく一里以上もある遠くの山裾を汽車の走る響が聞こえた。どろどろと云う風に響いて来るのは鉄橋を渡ったのであろう。

英子さんは、お茶の茶椀を下げに来た女中を呼び止めて、琴を並べさした。自分は気が進まないながらに琴爪を嵌《は》めて調子を合わしたが、音色も妙にざらざらしていて気に食わない。英子さんはそんな事には構わず、私の調子を自分の琴に取って、意味もなく忙がしそうに上を弾いたり下を鳴らしたりしている。いつ迄待ってもぴったり調子が合って来ないのだが、御本人はどこがどういけないのか、全然気がついていないらしい。じれったくなって、私の前の琴の上から手をさし伸べ、向うの琴をこっちへ引き寄せて、小いさな子供の稽古の時にする様に、反対の側から向うの調子を直してやった。

「あら」と云って英子さんは手を引っ込めた。

こちらへ帰ってから、まだ落ちついて琴を弾いている暇がなかったとか、しかし今日私が来る事になったので、昨晩は何年振りかに琴爪を嵌めて見たけれど、新らしく掛けさした絃《いと》の糊が爪の腹について、いやな音がするばかりで、手も廻らずつまらないから止めたので、今日おさらえをして戴く為の予習がちっとも出来ていないとか、そんな言い訳ばかりしている。

始めて見たけれど、丸っきり駄目だ。それは何年も間をおいたのだから無理はないとこちらでは考えるが、向うは何に浮わついているのか一向そんなつもりもないらしく、忘れた所はこちらの手について来る、覚えている所は一人でがちゃがちゃと弾きまくる様に先走って、全然お稽古をしていると云う様な気持ではない。

あんまり先走るので暫らく打っちゃらかしておくと、一人で行ける所まで行って、詰まってから急に顔を上げた気配がした。

「まあ先生、一人では弾けませんわ。でも今までの所はあれでよろしいのでしょう」

「駄目です」

「でもそう教わった様に思うんだけれど」

「だれがそんな事を教えた。違っているとかいないとか云う事ではない」

「随分ひどい事を仰しゃるわ」

「その弾き方は何です。面倒臭い。止めておしまいなさい」

「あら、いくら先生でも失礼な事を仰しゃるのね」

「うるさい」

自分は琴爪を嵌《は》めた右手を伸ばして相手を打つつもりであった。手が届かなかったのか、向うが身をかわしたか、自分の手は向うの琴の絃《いと》の上に落ち、琴柱《ことじ》を二つ三つ一どきに倒した。同時に乗り出した自分の膝頭でこちらの琴の巾《きん》と為《い》の絃を踏んだので、その柱も倒れて大袈裟《おおげさ》な音をたてた。

英子さんの起《た》ち上がる衣擦《きぬず》れの音を聞きながら、自分は自分の坐った所にじっと身を固くした。顔も手足も石になって来る様な気持であった。

第三章

旧藩主の邸内にある奏楽堂で開かれた西洋音楽の演奏会を聴きに来たのであるが、伊進が病臥している為、自分の勤めている県立女学校の小谷と云う先生に手引きをして貰った。その先生は自分を演奏台に近い壁際に坐らして、初めの内は隣席にいたが、演奏の切れ目毎《ごと》にどこかへ起って行くと思っていたら、仕舞には自分の席に帰って来なくなった。休憩の時までは離れた所でその先生の話し声が聞こえていたけれど、それから後は何処にいるのか自分に見当がつかなくなった。邦楽の会と違って聴衆の中に知人も少い様であり、舞台の空いている時、話しかける相手もないので、片手を後に廻して、椅子の靠《もた》れの陰から壁を撫でて見た。色は解らぬけれど、大分肌理《きめ》がこまかく塗ってあるらしい。一寸《ちょっと》さわった時は指先が冷やかに感ずるが、間もなくその奥に微かな温もりがある様に思われ出す。もう大分日も傾いている筈だから、事によるとこの表側に夕日が射しているかも知れない。時時指先に毛穴の様なものが触れるのは、壁が乾く時に小さな泡の潰れた跡であろう。

楽しみにして来た程面白くもなく、身のまわりも淋しくて、何処か遠方の事ばかり考える様な気持でいる内に、妙な所で最後の番組の曲が終わって、人人が拍手をした。そうして辺りが騒騒しくなった。敷物をしてない裸板の床に人人の足音が響いて、人の気持をとげとげさせる様であった。反響で想像する部屋の広さから割り出して、大体二百人位の聴衆がいたらしく思われるが、ざらざらと起ち上がってから、不思議な速さでみんな表へ出てしまった。戸口が幾つもあると思えないのに、どうして急に消えてしまえるか自分には解らない。その後が忽《たちま》ち森閑となった。窓の外に所所かたまって話し声が聞こえるのが、益《ますます》からっぽの奏楽堂を静まり返らす様である。自分はもとの通り壁際の椅子に腰を掛けた儘、じっとしていたが、今更心細いなどと云う事は思わないけれど、いつ迄こうしているのか、あてもない。自分を同行してくれた学校の先生はどこへ行ったのであろう。自分の様な盲人と附き合いのない人達は、別に悪気でなくても、道づれが、独り歩きの出来ない事などは忘れてしまうに違いない。その内には小使が奏楽堂の掃除に這入って来るだろうから、その時頼んで俥《くるま》を呼んで貰えばいい。

窓の外の人声が段段まばらになり、又遠ざかって行った。開けひろげた儘になっているらしい戸口の方から、時時砂のにおいのする微風が流れ込んで来た。大きな犬が庭を歩いている気配がする。鼻を鳴らす声が聞こえる。だれもついていないのであろうか。聴衆が帰ってしまったので、お庭の中に放したのだろうか。私の靠《もた》れている壁の後に添って、土を蹴りながら走っている犬の足音が聞こえる。その足音が遠ざかったと思ったら自分ははっとした。大きな犬が奏楽堂の入口に起《た》ちはだかったらしい。一隅に取り残されている自分の姿を見つけたのであろう。奏楽堂の中に向かって、恐ろしい声で二声三声吠えた。ヴァイオリンやピアノの音の木霊《こだま》を返していた天井に犬の咆哮が響き渡った。そうしてそれきり静まった。犬がどう向いているのか解らないが、こちらへ迫って来る様子もない。

犬に気を取られた所為《せい》か、全く不意に三木さんの声がした。

「まあ、先生は」と云って、呼吸を切らした。どこかから馳けつけて来たものと思われる。

「三木さんですか、これはいい所に」

「それどころではありませんわ」

「おや、どうかなさいましたか」

「こちらの事ではありませんわ。先生ったら落ちつき払って、これはいい所に、なんて」

三木さんの声が少し乱れた様なので、自分は心底でうろたえた。

「どうしたのです」

「兎《と》に角《かく》先生帰りましょう」

「連れて行って下さいますか」

「お迎えに来たのです。小谷先生はほんとにひどいわ」

「小谷さんはもう帰られたのでしょう」

「いいえ、あちらの応接間で皆さんと一緒にお茶を飲んでいらっしゃいますわ。話しの途中で、しまった、大変な忘れ物をした、柳さんをおいてき堀にして来ちゃったって笑っていらっしゃるんですもの。私本当にびっくりして飛んで来ました」

「三木さんも聴きに来ていたのですか」

「ええ、中途から、ずっと遅れて参りました。先生の入らしている事はすぐに気がついたのですけれど、席が遠かったものですから御挨拶もしなかったので、奏楽堂を出る時には私も先生はどなたかお連れがあるのか、ないのかと云う様な事は考えませんでした」

「じっと一人でした。それで演奏をよく聴きました」

「伊進さんは如何《いかが》です」

「まだ寝ています」

「御不自由ですわね。これから私先生の学校に入らっしゃる日は、ちゃんと手をあけて、お世話の出来る様に致しますわ」

三木さんは躊躇《ちゅうちょ》する様にそろそろと手を差し伸べて、私の手を取った。

「さあ、参りましょう」

「すぐお帰りですか」

「先生をお送りしますわ」

「小谷さんにも一寸《ちょっと》御挨拶しなければ」

「先生を置き忘れたりする方、ほっておきましょうよ。それに応接間と云うのは随分離れていて足許《あしもと》も悪いし、途中に犬が出ているかも知れないから。犬はおきらいでしょう」

「さっきここへ来ましたよ」

「あら、あの大きな犬が」

奏楽堂の入口を出た。外の風は夕方が近いらしく冷えかけている。入口から庭に降りるのに石段が三つある。それに掛かる前に三木さんは私の手を一つ二つ三つと締めた。そうして降りる時に又一段ずつ次へかかる前に強く握ってくれた。女学校のハイカラな英語の先生が、一っぱしの目くらの手引き気取りでいるらしい。

「先生のお家までお歩きになるのは大変だし、この辺に俥《くるま》はいませんし」

三木さんは独り言を云ったが、御自分の云った事を考えている様子もなく、上手に私の足に歩調を合わせている。

第四章

自分は少し早く来過ぎたかも知れない。座敷に通されて、手引の琴屋と入り口に近い所の座に就いたが、琴屋の云うにはまだ二人しか来ていないそうである。しかしその二人にも各《おのおの》手引がついている。それが私を認めたと見えて、大分離れた辺りから、聞き覚えのある同業の声で、ようこそとか、そこは端近ではありませんかなどと云った。

毎年春秋二季に自分達同業の集会があるのであるが、今年は少し遅れて、もう春とも云えないであろう。毎回集まる者が十人余り、その殆んど全部に手引がつくから、座敷の中に坐る者は二十人以上になる。大した事でもない問題を物物しく議論し合って、毎年大概一組や二組は口喧嘩が始まる。中に癇《かん》の高い同業がいて、自分の身の廻りも見えない癖に起《た》ち上がろうとする気配が一座の者に手に取る如く解る事もある。皆皆はっとした気持になって固唾《かたず》を嚥《の》み、どうなる事かと案じていると手引の者が何とかなだめてしまう。後で御飯になる事もあるし、食事前に散会する事もある。今日は宴会と云う通知であったが、酒を飲むと又何かからまって来る同業もあるであろう。

自分の後からも既に二三人の来会者があった様である。何だか今日のお客は座敷の方方にばらばらに著座《ちゃくざ》している様に思われる。新らしい客が来る度《たび》に、お互に挨拶し合うのだから、自分のいる事も解っていない筈はないのだが、目に見ていないから外の話に取りまぎれて忘れたのか、或《あるい》はわざと自分に聞かせる積りか、開けひろげた障子に庭風が吹き込む辺りから、気にかかる話し声が聞こえて来た。多少は声を押さえている様でもあるが、しかし云っている事は明瞭に聞き取る事が出来る。

「いくら君、機敏にやってもだ、我我が晴眼者《せいがん》を打つと云う事は出来やしない」

「いやそうでない」暫らくその声が途絶えたが、少し笑いを含んでこう云った。

「目くら滅法と云うではないか」

「何を下らない事を。兎《と》に角《かく》それは嘘だろう」

「いや本当だから松屋敷は大騒動なのだ。琴爪の角がお嬢さんの左顎《ひだりあご》から頸を引っ掻いて血がたらたらと流れたそうだ」

「お嬢さんと云うのは洋行帰りの若奥様だろう。帰る早早盲人に引っ掻かれたりして大変だね」

「大分出過ぎた生意気なところもあると云う噂は聞くが」

「しかしだ、仮りにそうだとしてもだ、師匠が門人を打ち打擲《ちょうちゃく》すると云う事は昔は知らず今時《いまどき》無茶な話だよ。ひいては我我同業の迷惑ともなる。幸い今日の集会に、一つ本人から弁明を聞こうじゃないか」

「この席にそんな事を持ち出しても仕様がない。引っ掻かれはしたが、お嬢さんは柳、つまりお師匠さんが好きなのだ。松屋敷では大騒ぎして、特にお嬢さんの旦那さんは非常に腹を立て、訴え出て謝罪させると云うのだそうだが、お嬢さんが決して聞かない。それどころか当日お師匠さんに立腹させたのは重重自分が悪いのであるから、お詫びに行くと云い出した」

「それで本当にお詫びに行ったのか」

「さあその後の確かな事は知らないが、気になるなら柳さんに聞いて見るさ」

矢っ張り自分のいる事を知って話し合っているに違いない。話の受け渡しにも明らかな加減をしていると思われる高低があって、仕舞の一言なぞ、すっかり抑えた低声であったが、しかしその儘みんな聞き取る事が出来た。後から続いて来る客がばらばらの席に坐り、又話し声のしている所へ近く集まるのもある様で、さっきからの二人の話に口を出す者もあった。しかし新らしく来た者の間に段段私に対する遠慮が強くなったと見えて、いつとはなしに松屋敷の件は外の話題に移って行った。

もう大体揃ったのではないかと思う頃に、仲間のうちでただ一人の晴眼《せいがん》である有岡がやって来た。有岡は晴眼と云っても大部薄いのだそうであるが、しかし一人で道を歩く事も出来るし、又明かりの工合をうまくすれば、大意抄の譜も読めるそうである。その為に或る曲の向うの手は早い掻手であるか、割爪《わりづめ》であるかと云う議論が有岡と同業の一人との間に始まって、有岡がしかし大意抄にはこうあると云ったのがもとで大喧嘩になった事がある。その時の争いは結局有岡の負であって、大意抄にこうあると云ったのも間違っていた。記憶の錯誤か譜の見違いであったかも知れないが、晴眼者が盲人と争う場合、相手が直接見る事の出来ない物を証拠にとって、自分の説を押し通そうとする有岡の心事を自分は面白くないと思った。

有岡は座敷に這入《はい》るといきなりその場に坐って、先著の一同に挨拶をした。そこいらに列《なら》んでいる我我の顔をずらずらと見渡した気配がはっきり解った。ずっと向うから見て来て、入り口に近く坐っている私の顔を眺めているらしい。

「遅れたつもりはなかったが、皆さんより後になって失礼しました。さあどうぞ席にお著《つ》き下さい。こうばらばらではお話しも出来ません。柳先生、あなたがそんな所にいられては纏《まとま》りがつかない。どうぞあちらへいらして下さい」

　私の手引に目くばせをしたらしい。手引が私の袖を一寸引っ張りかけた。今度は有岡がまともに私の手引に云った。

「いつもの通り床の間の前に御案内して下さい。会長さんがこんな所にいられては席順がつきません」

　自分は云われる儘に床の間の前に移ったが、一旦坐った席を少し横にずらし、片手を後《うしろ》に廻して床柱に手先の触れる位置を確かめてから、そこに落ちついた。

　あっちこっちで人の起《た》ったり坐ったりする音が一しきり続いた。私の前を通って下《しも》座《ざ》の方へ行った足音が少しびっこの様に聞こえた。下村老勾当《こうとう》であろうと思ったが、その手引は若い婦人の様である。行き過ぎた後に暫らく馥《ふく》気《き》がただよった。

「どう云う人」と自分は声を小さくして手引の者に聞いて見た。

「よくは存じませんが、お弟子さんの、いつも下村先生のお世話をなさっていらっしゃる方ではありませんか」

　手引の者がそう云ったので、兼ね兼ね噂に聞いていた事を思い出した。遊廓の何とか楼の娘さんだったか出戻りだったかが下村老人のお弟子であって、下村さんはいい芸を持って居り、一かどの名人ではあるけれど、いつもひどい貧乏をしているので、その女弟子が色色気を配って金品を貢いでいると云う話である。立ち入った事を想像する様であるが、下村さんは恐らく今日の会費の用意もなく、手引も頼めなかったので、その娘さんが先生の会費と手引としての自分の会費とを持ち出し、自分から進んで手引となって来たものと思われる。自分の手引の者は今、よく存じませんけれどと云っていたが、勿論《もちろん》同業の間に出入りの多い琴屋として知らない筈はない。ただ場所柄をわきまえて何も云わなかったのであろう。下村さんはどの辺りに坐ったのであろうか。更めて手引の者に尋ねるのも変だし、その内に話し声が繁くなれば自然に解る事である。しかし自分は自分の想像の中で何かにぶつかった気持がする。遊廓の娘にしろ出戻りにしろ、いやそう云う事を比較するのではない。下村老勾当《こうとう》の人徳である。ただただ他人の話としても、こんなうれしい事はない。

　手引の者が私の袖口にのぞいている手頸のどこかに一寸《ちょつと》触れたので、坐布団から片膝を釣り上げる程びっくりした。

「あっ、済みませんでした」と手引がうろたえた声で云った。

「何かお考え事の最中にうっかり致しまして申訳御座いません」

「いや何でもないのです。一寸した機《はず》みに驚いただけで。何かあったのですか」

「いいえ、こちらも何でもありませんので、ただ大体皆さんお席がおきまりになった様だと云う事だけ申上げようと思いまして」

一寸辺りが静まったと思ったら、自分の席から、はすかいになる向う側の下座《しもざ》から頓狂な声でこんな事を云い出した。

「いやあ、有岡さん、有岡幹事、どうも御役目御苦労様ですなあ」

そう云ったのは川向うの松屋敷に近い屋敷町にいる意地悪の撿挍である。きっと有岡が一人だけ晴眼である為、色色胆煎《きもい》りをするのを悪く取ってそう云ったのであろう。有岡一人が幹事ときまっているわけではないが、外はみんな不自由な者ばかりなので、自然にそんな事になってしまう。

「一寸幹事に伺いますが、この会では毎回みんなの席次が変わる様であるが、会長柳撿挍、これはよろしい。しかしだ、この他の者はどこへどう向いて坐るのか、これは一つきめておいて戴きたいね」

今日は不思議な程自分の気持が落ちついている。人の云う事などに一向乱されない。寧《むし》ろ人の云う事なり、外界の気配などが少しも自分の気持に触れて来ないと云う風に感じられる。そうしてうつろの様になっている自分の何処かに、さっきの手引がした様な刺戟を与えられると腹の底からびっくりするが、松屋敷の一件がどうだとか、柳会長の坐り方がどうだとかそう云う様な事は一切自分の癇に触れて来ない。

「そんな事はいいよ。毎回きまったら又不平が起こる。そんな事はいいから、席が定まったら始めようではないか」

別の声がそう云って、有岡を取りなす様に「有岡さん、有岡さん」と呼んだ。

盲人の側では、自分の席に坐った儘で勝手な事を云うのであるが、晴眼の有岡はその度に起って相手へ耳打ちをしたり、こちらで思った場所より違った方角に坐っていたり、座敷の中を行ったり来たり大変である。

暫らくしてから、矢っ張り私の予期しなかった方角から有岡の声が聞こえて来た。今度は起立している。

「それではこれから春季の例会を始める事に致します。会長からの御挨拶がある事と存じますが、私からも皆さん御出席下さいまして有り難く御礼申し上げます。御相談の事項、つまり議題は前回からの宿案、許し金制度の存廃を第一と致しまして、なお会員諸氏から御申し出でのありました案件も二三御座いますので、これは私が承りました関係上、御提案の諸氏に代わりまして、後で私から御説明致すつもりであります。それと、も一つ番外として御協議したいのは今年春季の慈善音楽会の番組組合せの件でありますが、これは大分先の事ではありますけれど、音楽会の方がこの会の秋季例会より先になる事は確実でありますので、その前にもう一度お集りを願うよりは今日のこの機会に大体の事を決定しておきまして、出演するお弟子の練習とか」

「先生一寸《ちょっと》」と隣りにいる手引の者が云った。有岡の話の途中ではあり、自分は又非常に驚いた様な気がしたが、じっと気持を押さえた。

「向うで私を呼んで居りますから、一寸行って参ります」

「そりゃ有岡さん早過ぎる」とさっきの意地悪の撿挍が云った。

「今からお弟子に稽古をつけたら、肝心の秋までに忘れてしまうぜ」

「それでしたら、何も今からお稽古を始めなくてもよろしい」と有岡が起《た》った儘で云い返した。

「いや、いや、練習の期間は長い程よろしい」とだれかが口を出した。「しかしだ。それよりも今これから秋の演奏会の曲目をきめると云うのが、みんなの気持の上で一寸纏《まと》まりにくいのではないかね」

手引の者が戻って来て、私に耳打ちした。

「先生、伊進さんの容態がお悪いそうで、只今お迎えの俥《くるま》がまいりました」

「どんなのです」

「よく解りませんが、お迎えの俥に三木先生が乗っていらしたのでして」

「三木さんが」と問い返した途端に自分の座が上がった様な気がした。

「玄関で只今伺ったのですが、何でも三木先生は先生に差上げる到来物があって、先生のお留守を御承知の上でお宅に入らしたのだそうです。その時分から丁度伊進さんの容態が悪くなって、婆やさんが一人でうろたえているのを色色指図なさって、御自分でお医者様を呼んでいらしたそうです。お医者様がこれは重態であるから早く身寄りの方を呼ぶ様にと申されましたとかで、三木先生がすぐこちらへ入らしたわけです。三木先生のお乗りになった俥で先生を先にお返しして、御自分も後から俥を目っけて行くつもりだと仰しゃいました。如何なさいます、もうそう云う事でしたら、私もすぐ後から参りますが、こちらはこれからと申すところにどうも大変な事で」

手引の者は出来るだけ声を小さくし、なおその上にも話しながら段段小声になったので、列座の人人に聞こえた筈はないと思う。しかし初めは一同がこちらの内所話に気を取られて、森閑としたらしかったが、その内に有岡も途中で一応著座したらしく、その頃から次第に辺りがざわざわして来た。

手引の者に返事もせず自分は立ち上がっていた。何の気もなしに二足三足ふらふらと出た様であった。有岡が驚いてこちらに近づく気配がした。後から手引がしっかりと自分の片手を捕えた。そうして空いている片手で、有岡に向い何か合図をしている。

第五章

玄関から、勝手を知った家の中を伊進の寝ている部屋の方へ急いだ。車夫が帰りを知らせた声は聞こえている筈なのに、何人も出て来ない。伊進の部屋の襖《ふすま》に手を掛けた時、初めて中から婆やの声がした。しかし、

「あっ」と云った限りで後を何とも続けなかった。

婆やの外にもう一人、人がいる、それが医者であろう。

婆やが手を取って、伊進の寝ている傍に坐らしてくれた。

自分の落ちつくのを待って、医者は更めて臨終の挨拶をした。自分も受け答えはしたけれど、それきりで言葉が切れてしまった。

横から伊進の手をさぐると、すぐに私の両手の間に挿む事が出来た。暫らく伊進に手を引いて貰う事がなかったが、相変らず柔かくて、長く寝ていた割りに骨張っていると云う事もない。指を一本一本いじくる様にして、自分の両手の手の平の中に包み込んだ。まだ温かい。帰って来る俥《くるま》の上で、車輪が道の小石を跳ね飛ばした。その時自分が非常に驚いた後先の事を考え合わせて、さっき婆やの咄嗟《とっさ》の叫び声を聞いた時から、伊進が既に綷切《ことき》れた事を自分は知っていた。しかし頻《しき》りに伊進を呼んで見たい気がする。伊進の手を押さえて、その一言を嚥《の》み込んだ途端に、両方の眼窩《がんか》から涙が流れたので、伊進の手を離した。袖の手巾《ハンケチ》をさぐっていると婆やが寄って来て、自分の引き出した伊進の手を又布団の下にかくした様である。

自分が不自由である為に、伊進の病臥していた間じゅう、気を配ってやる事が出来なかった事を考える。しかしそれはもっと心苦しい事を考え詰める順序として思い浮かぶのであって、今更そんな事はよろしい。さて、と考え直して平手で自分の膝頭を打ったら、思いもよらない大きな響がした。医者も婆やも黙って坐ったなり、身動きもしないらしい。

大きな、山ほどもある冷たい石の中身に自分は坐っている。石に裂け目が走る様に三木さんの倖が帰って来るのを自分は感じ出した。そうして次に気持がはっきりした時は、襖《ふすま》の外に三木さんの声を聞いた。

中に這入《はい》って来てから、先《ま》ず黙って自分に頭を下げた。微かに歔欷《きょき》する声が聞こえた様だが、すぐに抑えてしまった。

大分たってから、三木さんと医者が小声で話し始めた。医者は三木さんの帰って来るのを待っていた様である。間もなく医者が帰って行き、私も自分の部屋に引き取った。伊進の郷里に知らせたり、医者から必要な書附を貰ったり、その他自分に出来るだけの事はすると三木さんが云った。伊進に両親はない。すぐに知らせが届けば、郷里の兄は明日来るだろう。自分はじっと坐り込んで大きな湯呑み茶椀に汲んで貰った茶を何の味もなく、時時飲んだ。暫らくして気がついて、その儘手に持っていた湯飲み茶椀を又そっと茶托の上に返した。そろそろ日が暮れかかっている時分と思われる。もう軒は暗いかも知れない。森閑とした家の中に、三木さんの足音ばかりが聞こえた。起《た》って歩いている限り、どんな微かな足音でも自分の耳に響いて来た。

第六章

磯辺の松に葉がくれて沖のかたへと入る月の、と云う琴唄の歌い出しの文句が頻《しき》りに口に乗った。気がついて見ると又同じ文句と節を繰り返している。その前は何をしていたかよく解らない。自分は立て膝を抱いて、居眠りをしていたかも知れないが、いつ目が覚めたとも気がつかなかった。

開けひろげた座敷に、夏の真昼のすがすがしい風が吹き抜けている。風に乗った様な気持で口の中の節を追って行くと、さっきの所まで来るのに大分ひまがかかる。それから先へ節を変えて進む気もしない。何となくぼんやりしている内に、いつの間にか又初めに戻っていた。

あっちから吹いていた風が、不意に向きを変えて、こっちから這入って来る。空に風雲《かざぐも》があって、自分の家の棟を行ったり来たりしているのではないかと考えた。

どうかした途端に、自分はもう一度目が覚めた様に思った。二重の皮をかぶった眠り方をしていたかも知れない。立て膝を両手でかかえていると思ったが、そんな恰好はしていない。蓙《ござ》の薄い褥《しとね》に正座して、琴に向かっていた。その儘の姿勢でうつらうつらしたのであろう。自分の琴の向うに稽古琴がある。柱《じ》をたてた絃《いと》に風が渡っているのは本当であって、夢ではない。二三日前に女学校が休みになってから、毎日午后の暑い盛りに三木さんが稽古に来ている。自分の所はまだ夏休みにしていないので、朝の涼しい内は普通の弟子が来るから、三木さんはそう云う時間をよって来た。

　自分は三木さんを待つともなしに待っている内に、ついうたた寝をして夢を見たのかと気がついた。辺りに人はいないが、ひとりでに顔が熱くなった。磯辺の松の歌のついている琴の曲は、今自分が三木さんに教えているのであって、難曲である為、手間がかかっているけれど、その歌の所はとっくに終わり、それに続く六ずかしい手事五段もすみ、後歌にかかる前の最後の散らし一段も今日の稽古で終わる筈である。自分の稽古上の方針として、成《な》る可《べ》く歌の意味や曲のいわれ等にこだわる事は避けるのであるが、この曲が追善の為に作られたと云う事を知っているから、琴の前の居睡りの寝ざめに、その中の節の端端が残っていると何となく自分の身辺が淋しい。

　聞き馴れた声の小鳥が庭で鳴いている。一日の内に幾度か鳴き渡って来て、又どこかよその庭へ移って行く様である。何と云う小鳥か知らないが、大分声が荒れて、少し嗄れた様な囀《さえず》りをする。自分は庭の小鳥に聴き入っても、玄関の微かな物音を聞き逃さなかった。三木さんが蝙蝠傘《こうもりがさ》を土間の三和土《たたき》の上に立てかけた。履物を脱いで式台に上がった。こちらへ真直ぐに来ないで、婆やの所をのぞいている。いないのか、昼寝をしているのか、三木さんは引き返してこっちへやって来た。もう手に取る様に気配がわかる。少し足を浮かして、音を立てない様に歩いている。

「先生今日は」と云って入口にお辞儀をした。

自分は知らん顔をしていた。顔をあげて私を見たらしい。

「まあ」と云って部屋に這入《はい》って来た。私の顔が返事をしてしまったと思われる。

「少し遅くなりまして」と云って、三木さんはそっと汗を拭いている。その香りがした。

「何か御用が出来ましたか」

「御用って、今まで学校にいましたの」

「学校ですか」

「生徒はお休みになったらその日からお休みですけれど、私なぞは後始末が御座いますの、成績の記入だの通知だの、それで今日は一寸《ちよつと》手間取ったのですわ」

「ちっとも知らなかった」

「ですから今日少し遅れましたけれど、明日からはちゃんと遅くならない様に参ります」

「三木さんを待っていて、後先が解らなくなりました」

「どうしてですの」

「だから遅くなったと云われても、私にはよく解らない」

「でも待って戴いたのでしょう」

「待っただけ三木さんの方で遅れた事にしてよろしいか」

「ええ結構ですわ。あら、少し無理かしら。何だか先生、不思議な顔をしていらっしゃいますのね」

「どこがそんなです」

「いつものお顔より大分長い様ですわ」

自分はおかしくなって、声を立てて笑った。三木さんが居ずまいを正し、向うの稽古琴の前に琴爪を嵌《は》める気配を感じると、急に気持が暗くなった。稽古にのぞんで引締まるのではない。自分の胸には何かちぐはぐの所がある。今まで耳に馴れていた庭の小鳥が飛び去った。

自分は黙って三木さんの琴を聞いている。三木さんは教わった所までは、次の時に独りで弾く事にしている。その間に間違ったところを直し、十分でない所を自分が注意するのであるが、初めの方にはもう云う事もない。三木さんの琴が非常にうまい様に思われる。最初に短かい前弾がある。そこを弾き始めた時、自分はぞっとする様な気持がした。間もなく、磯辺の松に葉がくれての歌にかかった。自分は昔の記憶を繰り返す様な曖昧な事を考えていたが、今自分の聞いているその前の記憶と云うのは、ついさっきの居睡りの続きであったと云う事が、おぼろげながら解った。しかしその後ははっきりしない。長い長い前歌がいつ終わったであろう。自分の耳に馴れっ子になっている手事の節が、千切れ千切れになって、激流の中であぶくが潰れると云う事は実際にないであろうか、晴眼の時分の記憶にそんな景色は残っていないが、水煙を上げて、あぶくが潰れて、千切れ千切れの節が手事に押し流されて行って、自分ははっきりと、あぶくを見る事が出来る。段段に数がへって、到頭一つもなくなって、辺りがしんとした。

自分は深い息を吸って、気を落ちつけて、

「三木さん」と呼んで見た。

「はい」とさっきの儘の所で返事の声がした。

「私はどうかしましたか」

「いいえ」

「眠ったのではありませんか」

「じっとしていらっしゃいましたから、私も静かにしていました。先生がいつも考え事をなさる時の御様子でしたから、私何とも思いませんでしたが」

「それならいいのです。手事はすみましたね」

「はい、五段の終わりまで」

自分は琴爪を嵌めて、自分の琴に向かった。調子の狂いを調える為に、絃《いと》に触れた途端、日日の稽古に弾き馴らした古琴が、猛然と牙を鳴らして自分に立ち向かって来る様な気勢を感じた。その絃を打って自分の琴爪はりゅうりゅうと鳴った。散らし一段を三木さんも一稽古で覚え込んだ様であった。

第七章

三木さんはその翌《あ》くる日からぱったり来なくなって、今日でもう四日か五日過ぎた。学校のあるふだんの時なら様子を聞く事も出来るが、休みになっているのでだれに聞く伝手もない。婆やを使にやって見ようかと思うけれど、師匠の方から尋ねるのはおかしい。稽古も中途で、ほんの後歌一節だけが残っているのが気にかかる。病気にしても、簡単な、婆やの読める葉書をよこす位の事は出来そうなものだが、どうしているのか一向に解らない。

婆やの給仕で淋しい夕飯の膳に向かう時、三木さんはどうなさいましたでしょうと婆やが頻《しき》りに噂をするけれど、自分は返事をしない。伊進のなくなった当時も、婆やは毎日三度の給仕に伊進の話を持ち出して自分を苦しめた。伊進の事は三木さんが家の人を使ってまで色色とやってくれて、郷里から来た兄もよろこんでいたが、この間その兄から三木さんの許に手紙が来ているから、この次持って来て読んで聞かせると云ったきり、それもその儘になっている。

ひる前の稽古も段段へって来ているから、もう休みにしてしまおうかと思う。毎日同じ事を繰り返すのも面倒であるが、しかしそうした後で、長い夏休みを自分はどうして暮らしたらいいだろう。去年の夏は伊進を連れて上方と名古屋へ曲を取りに行った。一昨年の夏は亡妻がまだ元気であった。不自由な自分には何事もないのが一番いい。淋しいと云う事は自分の考える可き事ではない。身辺の不自由も、どうせ目が見えない以上、何人《だれ》の手を借りても同じ事である。

今日は一日じゅう庭の蟬がうるさかった。軒の内側にとまって鳴いたのもいる。

ひる前の稽古を終わった後ずっとその儘にしてあった二面の琴を夕方になってから、自分の手で片づけた。自分は丸半日琴の前に黙って坐っていたが、時のたつのは速いとも遅いとも考えないけれど、片づける時絃《いと》に手が触れて空音《そらね》をたてる度《たび》に、昨日もその前の日も、この頃は毎日同じ事をしていると云う事を、他人事《ひとごと》の様に思い出す。

夕飯を終わって端居をしているところへ、組合の有岡が来た。

座敷に通して挨拶をしたが、有岡は妙に寛いだ、馴れ馴れしい調子であった。

「実はね、柳さんも御不自由だろうと思ってね」

「いや、有り難う」

「男の内弟子を一人お世話しましょうか。僕が頼まれているのです。晴眼だから身の廻りのお役に立ちますよ。伊進君は可哀想な事をしましたね」

「どうも知らない者を新らしく家の中へ入れるのは気を遣《つか》って困るから」

「それは初めだけの話で、すぐ馴れるでしょう。当人は学生なんですが、将来この道で身を立てたいと云うんだ。一つ仕込んで御覧になっては如何です」

「それでは、ずぶの素人だね」

「そうです。尤《もっと》もそう云う事を思い立つ位だから、自分では多少やれるつもりなのかも知れないが、問題ではないでしょう。それよりも当人が大変な柳先生の崇拝家だ」

「そう云うのは却《かえ》って困る。御親切を無にする様ですまないが、私は今急にその気にはなれないから、何とかことわって下さい」

「更まってことわると云う程の事でもありませんよ。ただ柳さんが御不自由だろうと思ったものですから。尤も本当はお弟子の話などを持ち込むより奥様のお世話をすべきかも知れませんね」

「いや、そんな事は」

「しかし結局この儘ではお困りでしょう。僕も御同業の末席をけがしているし、晴眼であるのを幸い、一つ本気になって探しましょうか」

「有岡さん、お話しはお話しとして、私は全然そう云うつもりでいないから、どうかその事はお考えにならないで下さい」

「どうも弱りましたね。何もかもおことわりになって」

有岡は煙草を吸うので、袂《たもと》から燐寸《マッチ》を出して巻莨《まきたばこ》に火をつけた様である。

「煙草盆は出ていますか」

「いいえ、しかしそっと紙に灰を取りますから構いません」

自分は婆やを呼んで煙草盆を出させた。時時甘っぽい様な煙のにおいがした。

「自分が吸わないものだから、つい気がつかなくて失礼しました」

「一体に眼の悪い方は吸わない様ですね」

「火の始末があぶないからでしょう。又煙を見ないと煙草の味がしないと云う話も聞いたが、そんなものですか」

「成る程そうかも知れませんね。目をつぶったり、暗闇で吸ったりしたら煙草の趣はなくなるかも知れませんね」

「日露戦争で失明した軍人が、以前は煙草を吸っていた人も、みんな嫌いになったと云う話を聞いた。煙は撫でて見るわけに行かない」

有岡は暫らく黙っていたが、その間自分の顔を見ていた様な気配であった。

「あなたの学校の三木さんは、こちらへお稽古に来ているのでしょう」

「そうです」

「松屋敷の身内だか縁続きだかの所へお嫁に行くそうですね」

「そうですか」

「御存知ないのですか」

「知りません」

「近頃聞いた話ですが、本当だろうと思ったのだが」

　有岡が帰った後でまたもとの儘の端居を続けた。いくら夏の宵でも、もう外は真暗であろう。婆やが除虫菊の茎を刻んだ蚊いぶしを風上の縁先に置いてくれた。煙が鼻の先を流れて行った後で、時時微かにぱちぱちと鳴る音がした。自分には見えないけれど、小さな火花が散っているのが見える様な気がした。いつ迄も有岡の云った事を思い返したが、自分のこだわっているのは三木さんの事ばかりではない。その話になる前に有岡の云った事が皆気にかかる。

第八章

　一両年前の学校の卒業生で、その後もずっと自分の許へ稽古に通って来た某家のお嬢さんの縁談が纏《まと》まったそうである。大分前からその話は聞いていたが、何かの都合で決定が延び延びになったものと思われる。そうしてこの暑中に式を挙げると云う事になった。その家からわざわざ自分の所へ使を以て知らせて来て、当夜自分にも列席してくれと云うのである。自分は躊躇したけれど結局出る事になった。

琴屋を手引に頼む事にしておいたら、当日先方から迎えの俥《くるま》を二台よこしてくれたので、予《あらかじ》め自分の家に来て待っていた琴屋と二人で出かけた。蒸し暑い日であったが、俥の上では鈍い風が顔にあたった。道がだらだら坂にかかると、頭の上から冷たい空気が降って来る様であった。大きな木の枝が道にかぶさっているに違いない。どこかでひぐらしの声が聞こえるけれど、こもった様な曖昧な鳴き声である。自分は暫らく振りに表へ出たので、気分もせいせいする筈であるが、却ってふだんよりは鬱陶しい。俥が坂を登り切って平らな道を走った後、今度は向う側の下り坂にかかった。俥が矢のように速く走ると思われた。後からついて来る琴屋の俥の音が、自分の俥にのしかかる様な気がした。その勢で辷《すべ》り込んだ所に今日の宴会場がある。玄関前の砂利に足を埋めて、車夫は俥の勢を止めたと思われた。後の琴屋が先に降りて来て、自分に手をかした。もう辺りは夕方近くなっている時刻である。しかし一足地面に降り立って見ると、まだもやもやと暑いいきれが上って来た。

「曇っていますか」

「いえ、よく晴れて居ります」と手引が云った。

「はてな、もう薄暗くなりましたか」

「いえ、まだ明かるう御座います」

すぐに玄関にかかった。吹き抜けらしい奥の方から一陣の風が吹いて来た。大きな構《かまえ》だと云うことが解った。廊下から二三段の階段を上がった広間を通り抜けて、又廊下に出た様である。そうして奥へ奥へと行った。不思議に森閑としている行き詰まりに急に展《ひら》けた気配がして、人人の話し声が聞こえた。「柳さん」「柳先生」とささやく声がした。人の数は解らないが、大勢の目が私の方を見ている気配を感じた。

「新郎新婦が起《た》っていらっしゃいます」と手引が云った。自分は会釈してその前を通ったが、向うでも丁寧に礼を返しているのがよく解った。新郎はどう云う顔形の人か自分には想像もつかない。そう云えば新婦にしても自分は知らない筈であるけれども、永年の附き合いでその人の姿は自分の心の中にはっきり宿っている。口に出して人に納得させる事は出来ないが、一人の姿と他の一人の姿とまぎらわしくなると云う事はない。自分のよく知っているお嬢さんが、今ここに花嫁のよそおいをして、自分の知らない花聟の傍に起っている。二三歩通り過ぎてから不意にその事が非常な感動を自分に起こさせた。

手引が静かな声で、「どうかなさいましたか」と云った。

「いいえ」

「先生のお手が」

「いや、いいのです。少し遅かったのでしょうか」

「そんな事はないと存じますが」

「もう大勢入らしているのでしょう」

「はあ、皆さんお揃いの様で御座います」

人人の待ち合わせている広間へ通ると、あちらこちらで人の起つ気配がして、それが皆自分の前に集まる様であった。色色の人から挨拶を受けて、いらいらした。一通り終わって椅子に腰を落ちつけ、庭から吹いて来る風を受けて一息した。人人に取り巻かれている間、一寸《ちょっと》傍を離れていた手引が戻って来て、隣りの椅子に腰を掛けた。

「お席の割り当てを見て参りました」

自分が黙っていると、手引は声を落とす様にして、「先生、三木先生もお見えになる様で御座いますね」と云った。

家を出る前から纏《まと》まりのつかなかった自分の気持が、あやふやな儘にきりきりっと廻って縺《もつ》れた様であった。

「先生のお隣りにお席が出来ている様で御座います」

「そうですか」

「お探しして参りましょうか」

「いや、よろしい」

「それともまだお見えにならないか知ら」

手引は一旦浮かした腰をまた落ちつけて云った。「三木先生はお見えになる事になっていたので御座いますか」

「学校の関係でしょう」

自分はそれきり口を利かなかった。花嫁のお母さんが来て挨拶した。花聟の伯父さんと云う人も挨拶に来た。自分はどう云う事を云って挨拶を返し、祝辞を述べたか記憶にない。庭から荒い風が吹き込んで来る。一旦地面を敲《たた》いた上で跳ね返った様な風である。

「もう暗いのですか」

「はあ、急に暗くなって参りました」

暫らくして宴会場の席に就いた頃には窓の外を風の音があわただしく走り廻った。自分の席の後《うしろ》の窓掛けがよく絞ってなかったと見えて、風にあおられた裾が自分の襟を撫で、はっと思う内に隣りの席の卓上を叩いて行った。人人がこちらを見た様であり、給仕人はあわてて窓掛けを絞った。

食卓の話も余り賑わぬ様であった。お目出度《めでた》い席に似合わず、四辺《あたり》の空気が沈んでいると自分は思った。自分の気持の所為《せい》もあり、又天気の加減による事とも思うが、間もなく祝賀の演説等の始まる順序に近づいていると思われるのに、宴会場は皿やナイフのかち合う不用意の物音ばかりが鋭く響き渡った。

「三木先生は到頭お見えにならない様で御座いますね」と隣席の手引が云った。手引と反対の自分の隣りは空席になっている。さっき窓掛けの裾が叩いた時から、自分はその空席を気にしているのであるが、手引の云った事には返事をしなかった。

不意に耳の裂ける様な雷が鳴り渡った。丁度この辺りの真上から鳴り始めたのであろう。それに続いてもう一層大きいのが鳴り、それから立て続けに鳴り出した。雨の音も聞こえて来た。一寸《ちよつと》辺りに気配がしたと思うと、隣席の手引が、

「先生、停電で御座います」と云った。

雷鳴の途切れた間は雨の音がざあざあと聞こえた。騒騒しい音でありながら、聞き入っているると非常に淋しく思われた。颪につれて繁《し》吹《ぶ》きが這《は》入《い》って来るので給仕人が窓を閉めた。すると急に雨の音が遠くなり、その音を追って聞き入ると、ますます淋しい気がし出した。

「大変な稲妻で御座います」と手引が教えてくれた。今は見えなくても稲妻の色は若い時に覚えている。隣りの人のいない席のなんにもない所に、稲妻が水をぶっかける様に光っては消える有様を自分は身近かで想像した。

第九章

夕飯の後、いつもの様に自分の部屋に引き取ってじっと坐っていると、お勝手の方から洗い物をする音が聞こえていたが、何か外の事に気を移している内に止んで、今度その方に耳を澄まして見た時はもう何の物音もしなかった。

暫らくすると垣根越しに隣り合っている近所の方方の家から、ざあざあと云う水の音が聞こえて来た。申し合わせた様で何事だろうと思ったが、しかし今日は自分が何となくその音を聞いているだけの事であって、ふだんと違う物音ではあるまいと考えた。

間もなくその音も止んで、いつもの森閑とした時刻になりかかった。まだ外に薄明かりはあるだろうと思われたけれど、庭の木に蟬はもう鳴いていない。

縁先から流れて来る蚊いぶしの煙のにおいを嗅いでいる時、ふと自分は坐り直した。今頃の時刻に三木さんが来る。不思議な様だがもう玄関に這入《はい》ったと思うのと、その物音を聞いたのと、どっちが先だか解らなかった。

三木さんが自分の前に坐って挨拶した。

「初めの内は心配しました」と自分が云った。呼吸が切れる様で話しがしにくい。

「御心配をかけると思いましたけれど、御挨拶に来ればなおの事御心配をかけると思いましたから」

「その後に人から聞いて、お目出度《めでた》い話なのでしょう」

「先生はお聞きになりましたの」

「聞きました」

「それならいっそ伺えばよかった。でも、もう済みましたのよ」

「済みましたって」

「話だけだったのですわ」

「どう云うのですか」

「つまり向うと傍《はた》とで騒いだのですわ。それが、丸っきり急な話なもんですから、私もすっかりあわててしまって」

「それで」

「だから無断でお稽古を休んだりしまして、それは大変だったのですよ先生」

「断ったのですか」

「ええ」

「そんな事をしていいのですか」

「いい悪いって、私の知った事じゃないんですもの。私お嫁になんか行きませんわ」

「まさか、そうは行きますまい」

「兎《と》に角《かく》今度の話は、もう跡方もありませんわ、やっとせいせいしたから早速《さっそく》おわびに上がりました。先日中の事はどうか御免下さい」

「そうですか」

「それで、こないだ内は遠方へ行って来たりしました。こっちだけでは片づかなかったものですから」

「いなかったのですか」

「そら、先日の御婚礼の晩、雷様が鳴りましたでしょう、あの晩遅く帰って参りました」

「そうそう三木さんの席が取ってありました」

「そうでしょう、本当に方方に失礼してしまいました。もうこれから落ちついて、又先生のお稽古をして戴きますわ」

「そうですか」

「しかしね、先生、その面倒な話が片づきましたから今日は早速《さつそく》上がったのですけれど、もとの通り落ちつく前に一寸《ちよつと》私二三日旅行して参りますわ」

「そうですか」

「こないだ内の話とは別なんですけれど、でもまるで関係のない事もありませんわ。まあ後始末の一つでしょうね」

「そうですか」

「又先生のそうですか、そうですかばかりで張り合いがありませんわ。今度行きますとこはね先生、軍港の町なんですよ。軍艦を見て来て、帰ってからお話し致しますわ。それからお土産に水雲《もずく》を買って参りますわ。あちらの名物なんですって」

「いつ頃帰って来ます」

「すぐ帰りますわ。二三日か三四日、そうしたら先生お稽古の続きをお願い申します」

「前の方を忘れてはいませんか」

「いいえ大丈夫なんです。お琴を出さなくても、しょっちゅう頭の中で続き工合だけはおさらえしています。あら、お饒舌《しゃべ》りしている内に、外が暗くなってしまいましたわ。あの長い塀のとこ、真暗がりでこわいんですよ」

「さてさて」

「まあ先生、でも先生から仰しゃれば本当に、さてさて目明きはですわね」

結局婆やをつけて送らせる事にしたが、三木さんはばたばたする様な騒ぎをして帰って行った。

三木さんの帰った後、ずっと夜更け迄自分はその儘の座に坐っていた。自分のいる頭の上の棟に夜の蟬が一匹鳴いている。頻《しき》りに鳴いていつまでも止めない。棟の瓦に鳴き入る様な声であった。

自分は蟬の声をきき、夜風に吹かれて時のたつのを忘れた。婆やにそう云われてから蚊帳に這入ったが、寝つかれない内にふと麻のにおいが鼻についた。ずっと前から鳴き止んでいた棟の蟬は、まだ同じ所にいたと見えて、一声短かくちっと鳴いて飛んだ気配がした。

第十章

三木さんの行った後、蟬の鳴きしきった晩はついこないだの事の様に思われるが、それから既に十七年たっている。自分は不自由な明け暮れに歳を重ねて来た。もうこの頃は胸の中に縺《もつ》れた様な、割り切れぬ物は何も残っていない。そう云う気持がいつかほどけて、片づかぬ物が片づいたと云うわけではなく、縺れ合ったなりに、片づかぬ儘に薄らいで、いつの間にか消えてしまった。蚊いぶしの火のぱちぱち撥ねる音に聞き入って、三木さんの出這入りに焦燥した昔は他人事の様に思われる。

三木さんが表が暗くなったと云って、あたふたと帰った晩の翌翌日、自分がその当時の、人に云われない憂悶を久久で打ち払った様な気持で部屋の一隅に坐っていた時、朝の内の大雨が急に霽《は》れ上がった後の風が強く吹き抜けたと思ったら、自分はふらふらとして、坐ったなり前にのめりそうになった。あわてて頭に手を当てようとすると、全身が船に揺られている様にゆらゆらとした。同時に自分を取り巻く四方から非常な物音が起こって、大地震だと云う事が解った。

三木さんはそれきり帰って来なかった。軍港の町は全焼したと云う話であったから、どこか知らない町の隅で焼け死んだか、或《あるい》は町中の大きな崖が崩れて、その下を通っていた人人は一人残らず埋もってしまったと云う話も聞いたから、三木さんもその中に這入っているか、暫らくは今日帰るか明日帰るかと待っていたが、到頭その儘で歳月がたってしまった。

自分の家の庭に柴折戸《しおりど》がある。そんな所から三木さんが這入《はい》って来る筈がないのであるが、当時はぼんやり端居している時、何度でも三木さんがそこから来たと思った。余りに真実な気持がするので、口の中で小さな声を出して、そこに来ている三木さんに話しかけた事もあった。後で自分の迷いに気がとがめ、同時にそう云う心持になるのが苦しくて堪らないから、それを迷いとするには当たらないと考えつめた事もある。うつつにその人がいるとしても、その人の姿も顔も見る事は出来ないのであるから、いない人を見るつもりになっても同じ事ではないか。

又夢の中で三木さんや伊進にしばしば邂逅する。夢はうつつの迷いにも増して自分にはうれしかった。さめた後にその人はいない。又いても見えないのではないか。夢の中に会いたい人の姿を見る。夜寝る時よりも昼間のうたたねにそう云う夢は這入り易かった。

有岡も既に故人となったが、昔自分が三木さんの事で鬱屈していた当時、晴眼の弟子を世話しようと云った事がある。その時はことわったけれど、矢張り縁があったと見えて、その後自分の許《もと》に入門し、今ではもう一人前の腕前になった。晴眼である為、時時自分に昔の本を読んでくれるが、こないだは、「方丈記」を聞かして貰って自分は非常に感動した。自分の様な気持の者に本当の味わいが解るか否か疑わしいけれど、近い内にもう一度読み返して貰うつもりである。

十七年前の三木さんのお稽古は到頭後歌一くさりを残して尻切れの儘になった。磯辺の松にと云うのは「残月」と云う曲であって、峯崎勾当《こうとう》の作である。前にも一寸《ちよつと》云った通り、自分は琴に向かって、歌の意味と云う事は成《な》る可《べ》く考えぬ事にしている。その方針は今日の稽古の上にも変えないが、しかし、「今はつてだにおぼろ夜の月日《の》ばかりはめぐり来て」と云うただそれだけの文句の後歌は、ふと口の中の節に上ぼしただけでも自分に取って苦しい気持がする。三木さんはその一節だけ習い残して大きな燄《ほのお》の中に消えてしまった。その後の十七年この方自分はまだ何人にも「残月」を教えない。

昭和一五年／『内田百閒集成 4』

内田百閒は恋愛小説も書くのです。しかも純愛、悲恋の物語です。ただの偏屈なおじさんではないのです。と、誰彼構わず言いふらしたくなる一篇。盲人が語り手でありながら、視界が遮られる不自由さは一切なく、あらゆる場面がありありと、ひたひたと映し出される。百閒は目を閉じていても、ものを見ることができる人なのだ。そのまぶたの奥に潜む暗がりで、柳撿挍は一人、「残月」を弾いている。

雲の脚

夕方の帰りの電車が高架線を走っている時、窓から見ると西北の空に紫色を帯びた黒雲が寄っている。雲の脚の動くのが見えるわけではないが次第にこちらへ被って来る様である。襞の濃くなった辺りに向うの丘の上の大きな建物の塔が聳《そび》えて、天辺が黒雲に食い入り、そのまわりの雲の腹が煙の筋の様になってささくれている。夕立だろうと思ったので、駅で降りてから急いで家に帰った。

まだ時間は早い筈なのに家の中は真暗である。電気をともして一人で洋服を脱いだ。用達しにでも行ったと見えてだれもいない。近所の物音も聞こえず、辺りが段段しんとして来る様である。

茶の間にともした電気はただ真下の畳の色だけを明かるくして、縁側にはまるで勝手の違った明かりが流れている。それは狭い庭からさし込むのであるが庭の土や石はもう暗くなっているのに、塀《へい》の裏と高く伸びた草の葉には不思議な明かりが残っている。

玄関の戸が開いて人の這入《はい》って来る足音がしたと思ったら、いきなり無遠慮な女の声で、

「可笑《おか》しいわ、いないのか知ら」と云うのが聞えた。

茶の間でその声を聞いて、向うの声柄の所為《せい》か不意に腹が立った。

玄関に出て見ると、はでな色の夏羽織を著た血色のわるい女が起《た》っている。

「おや、御免遊ばせ、随分お探ししましたわ」

「どなたです」

「お忘れになりましたでしょう。山井の家内で御座います」

それで思い出して、はっとした。山井は昔にいじめられた教員上がりの高利貸である。大分前に死んだと云う話を聞いていたが、その細君が訪ねて来たところを見ると未だ債務が残っているかも知れない。

しかし、そんな筈はないと云う記憶もある様な気がする。

玄関の戸を半分開けひろげた儘にして土間に突っ起っている。往来から射し込む曖昧な明かりを背に受けて、濁った水の中の人影の様である。手に持っていた風呂敷包をそこに置き、

「お変り御座《ありがと》いませんでしたか」と切り口上で云った。

「はあ、難有《しゃく》う」

何だか癪にもさわっているし、第一、向うのつもりが解らないから、うっかりした受け答えは出来ないと思った。山井のなくなった事などに触れると、だれから聞いた

かと問い返された時面倒である。それを云い出せば後の仲間との取引きまで話しに上って来るかも知れない。

「いいお住いでいらっしゃいますこと」

「いや」

「お勤めはお忙しくていらっしゃいますか」

「今帰ったところです。生憎《あいにく》だれもいないのでお通しする事も出来ませんが」

「いいえ私急ぎますから」

「失礼ですが何か御用ですか」

「いいえ、もうそんな事、用事なぞあって伺う様な、それはもう」

もそもそしながら前屈みになって、そこに置いた風呂敷包の結び目を解きかけた。

「でも本当にお元気で何よりですわ。主人も常常さよう申して居りましたが」

「はあ」

「いえ、つい外の事を考えまして。それはもう主人の事で御座いますから、主人はあなた様を大変崇拝いたして居りまして、主人はあの様な商売は致して居りましても、しんは実に立派な人格者で御座いました。それでこそ自然あなた様のお人柄も理解出来ると申すもので御座いましょう。ああ、じれったい。この結び目はどっちを向いているのでしょう」

山井のやり方は悪辣であって、苟《いやしく》も仮借するところがない。期限を過ぎれば直ぐに差押えて来る。十何年前の或る日の夕方、山井が私の留守にやって来て、今日一ぱいの約束の口があるのに未だ何の御挨拶もない。この儘にして置かれるなら明朝早速《さっそく》転附命令の手続きをすると云い置いて帰ったそうである。

私は十一時頃家に帰って玄関でその事を聞き、ほうって置かれないからその足ですぐ山井の家へ行った。

大分遠いので向うへ著《つ》いたのは十二時近くになっていたかも知れない。行ったのはそのお金を届ける為ではないので、お金が間に合わぬから何日か待ってくれと云う言い訳の為である。

いくら表を敲《たた》いても起きてくれない。到頭その儘帰りかけて狭い路地を抜け、街燈の明かるい電車道へ出た所で山井に会った。若い女を連れている。

私も向うも、同時にお互に気がついた様である。

「やあ、これはこれは、今頃どちらへ」と山井がいつもと丸で違った調子で云った。そう云いながら近寄ったところを見ると一ぱい機嫌の様である。

「いい所で会いました。今お宅へ伺ったところです」

「そうですか。それは失礼しました。これは家内です。どうぞ宜しく。実はついこないだ結婚しましてね。今日は寄席を聴きに行って来たところです。帰りに一寸《ちょっと》寄り道したもんだから遅くなっちまって。本当に失敬しました。どうです、もう一度いらっしゃいませんか」

「いや、もう遅くなるから失礼します。実は今日いらして戴いたそうで」

「ああ、いや何、その事でしたら何また今度でいいですよ」

「しかし僕の方では」

「いや、それは又更めて御相談しましょう。そうですか、お寄りになりませんか。家内の自慢の紅茶でも差上げようと思ったのに」

若い細君は山井の後かげに這入《はい》る様にばかりして、碌碌《ろくろく》顔も見せなかった。

それから後何度も山井の家を訪ねて細君とは言葉も交わし、顔も見覚えたが、十年許《ばか》り前に私が逼塞してから後は山井との往き来もなくなり、当人が死んだと云うのもずっと後になってから人伝てに聞いた位である。その細君が今日何しに来たのかが解らない上に、大分上ずっているらしい。合点が行かないから黙って見ていた。

やっと風呂敷を解いて、中から大きな紙包みを取り出した。

水引が掛かっている。

私の方に差し出して、どうか召し上がって下さいと云った。

向うのする事が丸で見当がつかないので、なだめる様に云ってことわったけれど聞かない。

「いいえ、そんなに云って戴く様な物では御座いません。ほんの私の心持だけの物で御座います。もっと、もっと早くお伺いしたいと思いながら、矢っ張り、それはそうとあの人たち、まだおつき合いで御座いますか。およしなさいませ。鬼で御座いますよ。ほんとに、あれが鬼です」

風呂敷をはたはたとはたいて綺麗にたたみ、それを絞り手拭の様にぎゅっと握りしめた。

「何だか知らないが、いきなりこう云う物を頂戴しては困る」

「あら、まだあんな事を」

にこにこと笑った様であったが、その顔を見ると不意にこちらが淋しい気持がした。「御免遊ばせ」と云って表へ出て行った。往来の暗い色をしたアスファルトの上に椀を伏せた位のぬれた点点が方方に散らばっていて、そこだけ白く光っている。大きな雨粒が落ちたのであろう。出て行った女の足音が、その上にからからからと響いて遠ざかった。

玄関の上り口へ置いて行った紙包みを持って茶の間へ帰った。重たくて持った工合が変である。紙を取り掛けると中から蜜柑籠《みかんかご》の様な物の隅が現われた。籠の目の間から毛が見える。驚いて紙を破ったら籠の中に生きた白兎がいた。鞄《かばん》型の竹籠の両端を紐でくくって胴の真中には紙を巻き、その上から水引を掛けて締めてあったらしい。

水引をほどき紙を破ったので籠の真中がゆるんで口を開いた途端に、今まで煎餅の様になっていた兎がそこから飛び出し、私の手許《てもと》をすり抜けて縁側に出て身ぶるいをした。脊骨から腰の辺りの手ざわりが猫の様だったのでぞっとした。

こっちを向いて、赤い眼で私を見ている。

庭屏の裏の一所に帯ぐらいの幅の日なたが出来た。赤い焦げた様な色で今にも消えそうである。

西空の雲が切れたのだろうと思いかけたが、何だか少しちぐはぐの気持がする。庭土や石の色はさっきよりもまだ暗い。

屏の裏に日なたが出来て一層暗くなった。家の者は何処まで用達しに行ったのだろうかと思った。兎が縁側で起ち上がる様な恰好をした。庭の暗い所と明かるい所とを背中に受けて、おや変な真似をしやがると思った。灰皿を取って投げつけたら、その儘の姿勢で一尺ばかり飛び上がった。

昭和一九年／『内田百閒集成 4』

熊、牛、馬、蜥蜴、鶴、栗鼠……。動物が登場すると途端に百閒の小説は蠢きだす。今度は水引を掛けた兎だ。縫いぐるみでも襟巻でも、兎の形をしたクッキーでもない。籠に入れられ、煎餅のようになってはいるが、生きた兎、生ものである。どんな好物でも、生ものをもらうと、賞味期限が切れるまでの、つまりは命が果てるまでの、わずかな残り時間の責任を押し付けられたようで、胸が塞ぐ。兎を置いて帰る女の足取りは、さぞかし晴れやかで、飛び跳ねんばかりだったに違いない。

サラサーテの盤

一

宵の口は閉め切った雨戸を外から叩く様にがたがた云わしていた風がいつの間にか止んで、気がついて見ると家のまわりに何の物音もしない。しんしんと静まり返った儘、もっと静かな所へ次第に沈み込んで行く様な気配である。机に肱を突いて何を考えていると云う事もない。纏《まと》まりのない事に頭の中が段段鋭くなって気持が澄んで来る様で、しかし目蓋《まぶた》は重たい。坐っている頭の上の屋根の棟の天辺で小さな固い音がした。瓦の上を小石が転がっていると思った。ころころと云う音が次第に速くなって廂《ひさし》に近づいた瞬間、はっとして身ぶるいがした。廂を辷《すべ》って庭の土に落ちたと思ったら、落ちた音を聞くか聞かないかに総身の毛が一本立ちになる様な気がした。気を落ちつけていたが、座のまわりが引き締まる様でじっとしていられないから起《た》って茶の間へ行こうとした。物音を聞いて向うから襖《ふすま》を開けた家内が、あっと云った。

「まっさおな顔をして、どうしたのです」

二

来訪の客は昔の学生である。暫らく振りだから引き止めて夕方から一献を始めたが、相手が賑やかなたちなので、まだ廻らない内からお膳の辺りが陽気になった。電気も華やかに輝いている。

「もう外は暗くなりましたか」

「どうだかな」

「奥さん、外はもう暮れましたか」

御馳走の後の順を用意している家内が、台所から顔を出して聞き返した。

「何か御用。水の音でちっとも聞こえません」

「いえね、一寸《ちょっと》聞いて見たのです。外は暗いですか」

「ええ、もう真暗よ」

客はにこにこと笑って、又私の杯に酒を注いだ。

「何だ。暗くなったら帰ると云うのかい」

「いやいや。まだまだ。あ、風が吹いている。そうでしょうあの音は」

「そうだよ。暗い所を風が吹いているんだよ」

砂のにおいがして来た。

玄関の硝子戸《ガラスど》をそろそろと開ける音がした様だった。杯のはずみで気にしなかったが、暫らくたってから微かな人声がした。台所にいた家内が聞きつけて、あわてた様に出て行ったと思うとすぐに引返して、中砂の細君だと云った。客が私の顔を見て杯を措《お》きもじもじする様子なので、「いいんだよ」と云ったが、狭い家なのでそう云った声がその儘玄関へ聞こえたと思った。

「一寸《ちよつと》失敬」と云って起ち上がった。

玄関に出て見ると中砂のおふささんが薄明かりの土間に起《た》っている。中砂が死んでからまだ一月余りしか経っていない。その間に既に二度いつも同じ時刻にやって来た。上がれと云っても上がらない。初めの時はお宅に中砂の本が来ている筈だと云って、生前に借りた儘になっている字引を持って行った。主人の死後、蔵書を売るのだろうと思った。二度目に来た時も矢っ張り貸してある本を返してくれと云うのであったが、今度のは語学の参考書で、どうしてそんな本の来ている事がわかるのか、第一その本の名前をはっきり覚えているのが不思議であった。中砂は人に貸した本の覚えを作る様な几帳面な男ではなかったし、又私との間ではお互の本があっちへ行ったり、こっちへ来たりしているから遺族にはっきり解る筈もない。亡友の遺品を返すのは当り前だが、おふささんは取り立てる様な事をする。

なぜそんな時間にばかり来るかと云う事も気になったが仕方がない。

「お淋しいでしょう。きみちゃんはどうしています。元気ですか」と尋ねた。中砂の遺児は六つになる女の子で、しかしおふさの子ではない。

「お蔭様で」

「今日は置いて来たのですか」

「いいえ、外に居ります」

玄関の戸の這入《はい》った後が少し開いた儘になっている。その外の暗闇に女の子が起っているらしい。

「中へ入れておやんなさい。寒いでしょう」

「いやなんだそうで御座いますよ」

家内も出て来て、おふさに上がれと云いかけたが、きみ子が外にいると聞いて、下駄を突っ掛けて往来へ出た。

「まあきみちゃん、そんな所に一人で」

しかし子供は中に這入りたがらないらしい。

何の用件かと思ったら、今日は蓄音器のレコードが一枚こちらへ来ている筈だから戴きに来たと云うのであった。そう云えば余程前にヴィクターの十吋《インチ》の黒盤を借りて来た事がある。よく解ったものだと感心しながら、しかし何故こうして何もかも取り立てるのか怪訝《けげん》な気持がする。探し出して渡すと早早に帰って行ったが、静かな往来に小さな女の子の足音が絡みついて遠ざかって行く淋しい音が残った。

明かるい電気のお膳に帰って坐ったけれど、飲みかけた酒の後味が咽喉の奥でにがくなっている。客は興醒めた顔をしてもじもじしながら、

「中砂先生の奥さんですか。悪かったですね」と云って杯を取ろうともしない。

「いいんだよ。ああやって時時来るんだ」

「僕がお邪魔しているので上がらずに帰られたんでしょう」

三

それでも又飲みなおしている内に、お膳の上がいくらか陽気になった。仕舞頃は客も酔って面白そうに帰って行ったが、時間はまだそう遅くないけれど片附けた後の手持無沙汰な気持で早寝しようと思う。外は風がひどくなったらしい。家のまわりががたがた鳴っている中に、閉め切った玄関でことことと云う違った音がした。寝巻の儘起《た》って行って見ると低い女の声で何か云っている。聞き返したら中砂の細君である。

驚いて私が格子戸を開けた。

「どうしたのです」

「済みません、また伺って」

さっき来た時から大分時間はたっているけれども、まだ中砂の家まで帰り著《つ》いて出なおしたとは思われない。

「どうかしたのですか」

「お休みのところを本当に済みません。気になるものですから」と云ってさっき持って行った黒盤の外に、もう一枚来ている筈だから貰って行きたいと云うのである。そんな事なら何も暗い道を引返して来なくても、明日でいいではないかと云いたいが、先方があらかじめそう云われる事に備えている様なむつっとした様子なので云い出すのをよした。

しかしレコードを探して見たけれど、おふささんの云うのは見当たらない。さっき持って行ったのと同じ様な黒の十吋《インチ》で、サラサーテ自奏のチゴイネルヴァイゼンだと云うのだが、それは私にも覚えがある。吹込みの時の手違いか何かで演奏の中途に話し声が這入《はい》っている。それはサラサーテの声に違いないと思われるので、レコードとしては出来そこないかも知れないが、そう云う意味で却って貴重なものと云われる。探して見当たらないと云っても私の所にそんなに沢山所蔵があるわけではないから、或《あるい》はおふささんの思い違いかも知れない。

玄関に引返してそう云うと、

「そんな筈はないと思うんで御座いますけれど」と籠もった調子で云って、にこりともしない。

また子供を外に起《た》たしているのではないかと思って聞くと、「いいえ」と答えたきりで取り合わない様な風である。

「どこかに置いて来たのですか。あれからまだ家まで帰る時間はなかったでしょう」

「よろしいんで御座いますよ」

そう云えばさっきのレコードをくるんで行った包みも持っていない。

「さっきのお客様はもうお帰りになったので御座いますか」

「ええ帰りましたよ」

何だかこちらを見返している。

「レコードはその内また気をかえて探して見ましょう。今の咄嗟《とっさ》には僕も見当がつかないから」

「左様で御座いますか」

少しもじもじして、何か云いたげな様子でその儘帰って行った。春先の時候の変る時分で玄関の硝子戸《ガラスど》の開けたてに吹き込む風が、さっきよりは温かくなっているのが、はっきり解った。

襖《ふすま》の陰から顔を出さなかった家内が襟を掻き合わせる様な恰好をしている。

「外は暖かくなったらしいよ」と云っても「そうか知ら」と云って頸を縮めた。

四

中砂は学校を出るとすぐに東北の官立学校の教授に任官して行ったが、当時は初秋の九月が新学年だったので、それから秋の一学期を済まし、冬休みには上京して来て暮れからお正月の松が取れるまでの半月許《ばか》りを私の家で過ごした。

毎日家で酒ばかり飲み、或《あるい》は出かけて寒い町をほっつきながらビヤホールを飲み廻ったりした。この次の夏休みには上京しないで向うで待っているから出かけて来いと中砂が云った。

夏になって行って見ると、お寺の様ながらんとした大きな家に間借りしていた。私が著《つ》いた翌《あ》くる日の真昼中に、ゆさりゆさりと揺れる緩慢な大きな地震があって、軒の深い縁側に端居していた目の先が食い違った様な気がした。青い顔をしていたと見えて、そんなにこわいのかと中砂が云ったが、地震がこわくて顔色を変えたとは思わない。屛際《へい》の木の葉の所為《せい》だろう。しかし何故だか気分は良くなかった。

当初からの計画で、それから又汽車に乗って太平洋岸に出て見ようと云う事になり、幹線を何時間か行った後、岐線の小さな汽車に乗り換えた。空が遠く、森や丘の起伏の工合が間が抜けた様で、荒涼とした景色が展《ひら》けた。その中を小さな汽車がごとごとと走り続ける内に、どこからともなく夕方の影がかぶさって来た。

いつの間にか線路の左側に沿って、汽車の走って行く先の先まで続いた大きな土手が見え出した。線路と土手の間は遠くなったり狭くなったりしたが、狭くなる時は土手の陰に小さな汽車が這入《はい》って走り、車窓の中の膝の上まで暗くなった。段段に濃くなる夕闇は大きな長い土手が辺りに散らかしている様であった。

汽車が土手から離れて走る時、土手の向うの暮れかけた空に水明かりが射している様であった。水を一ぱいに湛えた大きな川が流れているのであろうと思われた。船は見えないけれど、びっくりする程大きな帆柱の先が薄明かりの中をゆっくり動いて行くのが見えた。

何の用があるわけでもない、ただ遊びに来た旅なのだが、知らない景色の中で日が暮れて行くのは淋しかった。中砂も狭い車室に私と向き合って、つまらなそうな、心細い顔をしていた。

線路が暗い土手と一緒に大きく曲がった様だと思うと、反対の側の窓の遠くの果てに、きらきらと列になって光る小さな燈火が目に入った。土手の側にはまだいくらか明かりが残っているが、燈火の見える辺り一帯は已《すで》に真暗である。小さな汽車が暗闇の中に散らかったその明かりの方へ走っているのが、はっきりわかった。

五

岐線の終点の小さな駅に降りて、中砂と二人、だだっ広い道をぶらぶらと歩いた。道の両側の灯りで足許《あしもと》は暗くはないが、握り拳ぐらいの小石が往来一面にごろごろしていて歩きにくい。線路に沿った土手の向うの川は、この町に這入《はい》っているに違いない。その川縁に出て見ようと思った。まだ暮れたばかりの夏の晩だから人通りは多い。その中の一人をつかまえて、どこか近くに橋があるかと尋ねた。

こちらの云っている事はわかるらしいのだが、向うの返事は初めの二言三言は丸っきり通じなかった。馴染みのない地方で、ふだん聞き馴れない所為《せい》もあるが、しかし随分の僻遠《へきえん》まで来たものだと云う気がする。やっと見当だけは解って、その方へ歩いたらすぐに長い橋の袂《たもと》へ出た。

丁度そこに川沿いの大きな料理屋があったから、先《ま》ず一献しようと云うので上がった。障子の外はすぐに川である。一ぱいに湛えた川水が暗い河心から盛り上がって来る様であった。

二三本空ける内に半日の疲れを忘れて好い心持になったが、中砂は一層廻りがいい様であった。兎《と》も角《かく》一人呼んでくれと云っておいた芸妓が来て、矢っ張りそこいらが陽気になった。

這入って来た時からこんな所でと意外に思う程美しかったが、言葉の調子も綺麗で、この辺りの音《おん》ではない様に思われた。取りとめもない話しの中で、中砂がその女の生国を尋ね、君の言葉の音や調子が気になるから是非聞きたいと云うと、一寸《ちよつと》云い淀んで、東京から反対に何百里も先の中砂の郷里の町の名を云った。

「そうだろうと思った。そうなのか」と云った中砂の様子は感慨に堪えぬものの様で、「君は綺麗な言葉を遣《つか》っているけれど、その中に微かな訛りがある。その訛りは同じ郷里の者でなければ解りっこないのだ。何しろ僕達も用もないのにこんな所までやって来て、実に不思議な因縁だね。ねえ君、そうだろう」と今度は私の方に向いて杯をあげた。

お膳に出た蒲焼の大串は気味が悪い程大きな切れであって、この川でとれるのだそうだが、胴体のまわりを想像すると、生きているのを見たら食べる気がしないだろうと思われた。女は器用な手つきで串を抜いて薦める。中砂は、いつでもそうなのだが、酒が廻るとお膳の上の物には見向きもしない。頻《しき》りに杯を重ねて御機嫌になったが、しかし酔った大袈裟《おおげさ》な気持の底に郷愁に似た感傷を起こしている様であった。

私も酔っているので何も彼も解るわけではないが、その内に芸妓は帰り、料理屋の紹介で同じ川べりの宿屋へ行って落ちついた後も、中砂は先に帰って行った女の俤《おもかげ》を払い退ける事が出来ないと云う風であった。座敷の下を暗い川が流れて、岸を嚙む川波の音が枕に通う趣きがあった。同じ蚊帳《かや》の中に寝た中砂は輾転反側《てんてんはんそく》して寝つかれないらしく、夜中に一二度、溜め息だか寝言だか知らないが、大きな声をして私の目をさました。

六

朝になってから、その日の予定と云うものはなかったが、丁度いい遊び相手が出来たではないかと云って、中砂は私を誘い昨夜の芸妓の家へ出かけた。お酒の間に家の名前や道順を教わっておいたと見えて、その時の事は私は知らなかったが、丸で通い馴れた道を行く様に私を案内した。どぶ板の向う側に芸妓の家があって、表で待っている内に、じきに支度《したく》をして出て来た。

三人連れ立ってだらだら坂になった径《みち》を登った。道の両側に藤の花が咲き残っているのが不思議であった。この辺りの時候は遅れてそうなのかとも思い、しかしそんな筈はないと云う気もした。

登り切って小さな丘の頂に出たら、いきなり目の前に見果てもない大きな海が展《ひら》けた。明かるい風が吹いて来て、足許へ光が散らかる様であった。

丘の上は小さな公園であって、茶店もある。そこへ上がって鮨を食い麦酒を飲んだ。向うの大きな海が光っているので、坐った座のまわりが明かるく、一寸《ちよつと》手を挙げてもその影が動く様であった。

中砂は頻《しき》りに麦酒を飲んだが、中途半端な気持でいる様子で、片づかぬ顔色であった。私は海の波打ち際が見たいと思って一人で座を起《た》ち、丘の外れの崖縁に出て見た。眼下にひらけた砂浜の上を、夢に見た事もない大きな浪がころがっていた。打ち寄せて来た浪が渚に崩れてから、波頭の先が砂の上に消える迄の間が、見ている目を疑う程に長かった。座に残った二人も後から出て来て同じ様に崖縁に並んで起ち、それから丘を下りて私共はその足で停車場に出た。女は駅まで見送ると云うでもなく、自分の家に近い横町の曲がり角で別れの挨拶をして帰って行った。

小さい汽車の中で中砂は時時遠くの方を眺めている様であったが、私も昨日から今日半日の清遊はいい思い出になると思った。

その時のその芸妓が中砂の後妻であり、中砂の死後頻《しき》りに私の所へ物を取りに来るおふささんである。

七

中砂はその時から何年か後に東北の学校を辞して東京に帰り、まだ開けていなかった近郊に家を構えて、遅い結婚をした。細君は中砂の年来の恋女房で、間もなく赤ん坊が出来て、家庭の態を調えた。

私もしょっちゅう遊びに行って、又よく晩飯の御馳走になった。細君のお勝手の手間をいたわるつもりだったか、餉台《ちゃぶだい》の上はいつも豚鍋であった。鍋に入れるちぎり蒟《こん》蒻《にゃく》の切れの大きさが、同じ人の手でちぎられる為にいつのお膳でも同じなのが、細君の心尽しを目に見る様であった。

その頃はやった西班牙風《スペインかぜ》が幸福な中砂の家庭を襲い、細君はまだ乳離れのしない女の子を遺して死んでしまった。高熱が続いたのはほんの幾日かに過ぎない。譫言《うわごと》を云う様になってから、私が来たら戸棚の中にちぎり蒟蒻が入れてあると云ったと云うのを中砂から聞いた。

中砂は何よりも先に赤ん坊の乳母を探さなければならなかった。幸いにじき見つかって子供の心配はなくなったけれど、その後の家の中の折り合いはよくなかった様である。中砂が滅茶苦茶な生活をし出して、狭い家の中に外から連れて来た女を幾晩も泊らせたりした挙げ句に、乳母とも面倒な話になっていたところへ、おふさが出て来たのである。

中砂が私の所へやって来て、君実に不思議な事もあるものだよ。死んだあいつの里にいた女中が、ふさの世話になった家とつながりがあるんだよ。ふさはそこで子供が出来たのだが育たなかったのだね。それからその旦那とも不縁になって、だから丁度お誂え向きなのさ、と云って、その晩は私の家でうまそうに酒を飲んだが、しかしいつもの様にお膳の上がだらだらと長くならない内に切り上げて、さっさと帰って行った。

八

赤ん坊の乳母もおふささんに代り、中砂の乱行もおさまって、更めておふささんと出直したと云う風であった。私もまた度度《たびたび》出かけて一緒に酒を飲む事も多かったが、家の中が必ずしも明かるくはない。中砂が無口のたちであって、用事がなければ一日でも黙っているところへ、おふさも初めの内はいそいそと立ち働いていた様であったが、馴れるに従って段段に陰気になり、用がなければ赤ん坊を抱いて茶の間に引込んだ儘、いつ迄たってもこそりとも云わなかった。しんとした家の中で時時赤ん坊の声がして、しかしあやすのか乳を含ませるのか知らないが、じきにだまってしまう。流石《さすが》に起《た》ち居はしとやかだと思っていたけれど、日がたつにつれて、そう云う所が妙に素っ気ない様にも感じられた。

　中砂の家庭に、変に静かな月日が過ぎて、お互に多少の不満はありながらも、結局そうした生活の土台は固まって来た様であった。そうして二人の間で喧嘩をする様になったが、よその家の様にどなったり、投げつけたりするのではなく、中砂が一言二言気に入らぬ事を口に出して、後はだまってしまう。するとおふささんがそれに反応して同じくだまり込み、茶の間に引込んで静まり返るのである。一旦そうなると後が何日でもその儘の情態で続いて果てしがつかない。そんな時にこちらから出かけて行くと、見かけはふだんと大して変りはないが、中砂が苦笑いをする。

「またあれなんだよ。自分の殻に閉じ籠もると云うのだね。決して出て来ないんだ。用事などは普通の通りにするけれど、何と云うのかね、気持は殻の中に残しているんだ」

　それで、おいおいと呼べば素直に出て来る。私にもふだんの通りの受け答えをする。中砂が幾日もくさくさした挙げ句の晩の相手に私を引き止めても、おふささんはいやな顔一つしない。何にするかと云う相談をして、せっせとその用意をし、初めの一二杯のお酌もしてくれる。

　翌《あ》くる日になってふらりと中砂が来る。その後どうだと聞けば、矢っ張りおんなじさ。まだまだ中中殻から出て来ないだろうと云うのである。

　その何年かが過ぎる間、中砂は身体の奥に病をかくしている事に気がつかなかった。

表に現われた時は已《すで》に重態で、じきに死んでしまった。

九

所用があって、ふだん余り馴染みのない郊外の駅で降りたが、紙片に書いた道しるべの地図が確かでない様で、尋ねる家が中中見当たらなかった。探しあぐねてだだっ広い道を歩いていると、向うが登り坂になって、登り切った所から先の道は見えないから、その向うの空を流れて行く白い雲がこの道の先に降りて行く様に思われる。屋根の低い両側の家並に風が渡って、どこと云う事なしにがさがさと騒騒しい音がしている。

雲が走っている坂の上から子供を連れた人影が降りて来た。まだ離れているし、後ろ明かりになっているから、はっきりしないけれど、よく似ているなと思ったら、矢っ張りおふさときみ子であった。

・こちらの道の勝手がわからないので、うろうろしていたところだから驚いたが、先方はそうでもないらしい。御無沙汰をしています、お変りはないかなどと普通の挨拶をして、少し前にこちらへ引越して来た。まだお知らせしていないが、筆を持つのが大変なので、その内お伺いして申上げようと思っていたと云った。知った人の紹介で小さな家が見つかったから移ったと云う話なので、それは尤《もっと》もな事だと思った。

　すぐこの先だから寄って行けと云ったけれど、それはこの次と云う事にして、私の尋ねる先を聞いて見たが、まだ土地に馴染みがないからと云うので、それはわからない。私も今歩いている方に当てがあるわけではないから、引き返して、おふさの行く方へ一緒に歩いた。私との間にいたきみ子は、くるりと擦り抜けておふさの反対の側に寄り添って歩いた。

　私の用件の家は後でそこいらでもう一度聞きなおすとして、おふささんの家の道順を教わって置いた。すぐ先の四ツ辻で別かれる時、一寸《ちょつと》立ち停まった間にこんな事を云った。

「中砂は、なくなって見ればもう私の御亭主でないと、この頃それがはっきりしてまいりました。きっと死んだ奥さんのところへ行って居ります。そんな人なんで御座いますよ。私は世間の普通の御夫婦の様に、後に取り残されたのではなくて、中砂は残して来たなどとは思っていませんでしょう。でもこの子が可哀想で御座いますから、きっと私の手で育てます。中砂には渡す事では御座いません」

　きっとした目つきで私の顔をまともに見て、それから静かな調子で挨拶をして向うへ行った。

十

いつもの通りの時刻におふささんがやって来て、薄暗い玄関の土間に起《た》った。何だかぞっとする気持であった。

奥様はいらっしゃいますかと云うので、今日は用達しに出て、待っているのだがまだ帰らないと云うと、奥様に伺って見たい事があって来たのだが、と云って口を噤《つぐ》んだ。

兎《と》に角《かく》上がれと云っても、いつもの通り土間に生えた様な姿勢できかなかった。今日は一人で来たのか、きみ子はお留守居が出来るのかと尋ねても相手にならない。それでは奥様がお帰りになったら聞いといて下さい。近い内に又伺うからと云って、この頃毎晩、夜中のきまった時刻にきみ子が目をさます。目をさましているのだと思うと、そうでもない様なところもあって、こちらの云う事には受け答えをしない。一心に中砂と話している様に思われる。朝になって考えれば、なくなったお父様の夢を見るのは無理もないと思って可哀想になる。しかし余り毎晩続くので気にしないではいられない。又夢だとも思われない。その時のきみ子のよく聞き取れない言葉の中に、きまってお宅様の事を申します。きっとこちらにきみ子が気にする物がお預けしてあるに違いない。中砂がきみ子にやり度《た》い物なので御座いましょう。それは奥様でなければわからない事で、奥様はきっと御存知だと思うから来た、と云った。

帰って行った後で、茶の間に一人で坐っていて頭の髪が一本立ちになる様であった。

十一

サラサーテの十吋《インチ》盤は私から友人に又貸ししたのを忘れていたのであった。返って来たからおふさに知らせようかと思ったが、日外《いつぞや》の所用の家にもう一度行かなければならなかったので、その序《ついで》に届けてやる事にした。

所用を済ました帰りに、この前教わった道を辿《たど》っておふさの家の前に出た。まわりに庭のある低い小さな家であった。

庭に廻って縁側に腰を掛けた。頻《しき》りに上がれ上がれと云った。板屏の陰に大きな水鉢があって睡蓮が咲いている。

きれいだなと云ったら、中砂が丹精したのだが、死んでから咲きましたと云った。「引越しの時に持って来たのですか。大変だったでしょう」と云うと暫らくだまっていたが、「でもねえ、死んだ人の丹精ですから」と云ってまた黙った。

お茶を入れて来てから、落ちついた調子で、「睡蓮って、晩になると光りますのね」

と云った。「露が光るのかと思っていましたけれど、そうではありませんわ。花びらが光るんですわ。ぎらぎらした様な色で」

それから思い出した様に、引越しの時、荷厄介になったのは、睡蓮の鉢だけでなく、中砂が飲み残した麦酒があった。たった二本だけれど飲んで行ってくれと云ったかと思うと、起《た》って手際よくそこの座敷に小さな餉台《ちゃぶだい》を据え、罎の肌を綺麗に拭いた麦酒を持って来た。

お海苔を焼きましょうかと云った。いいと云ったけれど、もう台所障子の向うで海苔のにおいがし出した。

さっさと飲んで帰ろうと思い、一人で戴きますよと声を掛けて勝手にコップに注いだ。

飲み終って一服していると、永年の酒敵がいなくなってお気の毒様と云う様なくつろいだ愛想を云った。

持って来てやったサラサーテの盤の事を思い出したらしく、私が包んで来た紙をほどいて盤を出した。それから座敷の隅に風呂敷をかぶせてあった中砂の遺愛の蓄音器をあけて、その盤を掛けた。古風な弾き方でチゴイネルヴァイゼンが進んで行った。はっとした気配で、サラサーテの声がいつもの調子より強く、小さな丸い物を続け様に潰している様に何か云い出したと思うと、

「いえ。いえ」とおふさが云った。その解らない言葉を拒む様な風に中腰になった。「違います」と云い切って目の色を散らし、「きみちゃん、お出で。早く。ああ、幼稚園に行って、いないいんですわ」と口走りながら、顔に前掛けをあてて泣き出した。

昭和二三年／『内田百閒集成 4』

見紛うことのない傑作。好きな小説は何ですか、と尋ねられた時、迷いなく胸を張って答えられる作品と出会えるのは、何て幸せだろう。だからこそ、未亡人の不幸そうな様子が気にかかる。砂のにおいを運んでくるおふささん。生きているのを見たら食べる気にならないほど太った鰻の串を抜くおふささん。サラサーテの声に答えてしまったおふささん。最後の一行を読み終わるたび、きみちゃんの無事を、祈らないではいられなくなる。

とおぼえ

初めての家によばれて来て、少し過ごしたかも知れない。主人はその先の四ツ辻まで送って来た。気をつけて帰れと云ってくれた様だが、足許《あしもと》があぶなかしく見えたのだろう。

別かれてから薄暗い道を登って行った。だらだらの坂で、来る時は気がつかなかったが、登りになると相当に長い。両側に家のあかりはないけれど、崖ではない。足許の薄明かりは何処から射して来るのか解らない。何だかわけもなく、こわくなって来た。

登り切った突き当りに氷屋がまだ店を開けている。秋風が立っているのだが、蒸し熱い晩もあって、今日は特に暗くなってから気持の悪い風が吹き出した。どっちから吹いて来るのかよく解らない。迷い風と云うのだろう。しめっぽくて生温かいから、肌がじとじとする。冷たい氷水が飲みたいと思った。

店に這入《はい》っていきなり腰を掛けた。電気の明かりに影が多くて、店の中が薄暗い。亭主らしい男が明かりの陰になった上《あが》り框《かまち》からこっちを見ている。

「入らっしゃい」

「すいをくれませんか」

「え」

「すいを下さい」

「すい、たあなんです」

「氷のすいですよ」

「どんなもんですか」

「おかしいなあ、氷屋さんがそんな事を云うのは」

「聞いた事がありませんなあ」

「弱ったな」

「ラムネじゃいけませんか」

「いけないと云う事はないが」

おやじがそろそろこっちへ出て来た。

「済みませんなあ。それじゃラムネにいたしますか」

コップに氷のかけらを入れて、ラムネの罎と一緒に持って来た。

「お客さんが、いきなり変な事を云われるのでね」

「変な事を云ったわけじゃないが、氷屋さんはこっちの人ですか」

「いいえ、わっしはそうじゃありません。中国筋です」

「そうか、それだからだ。そら、雪と云うのがあるでしょう、氷屋の店で一番安い奴さ」

「へえ、あれですか。掻き氷に白砂糖を掛けた、あれでしょう。それがどうしました」

「白砂糖でなく甘露を入れて、その上に氷を掻いてのっけたのが、すいなんだ」

「へえ、そうですかな。知らなんだ」

そう云いながら、ラムネに栓抜きを当てて押したら、ぽんと云う音がして玉が抜けた。

途端におやじが頓狂《とんきょう》な声を立てて、わっと云ったから、私の方が吃驚《びっくり》した。

「ああ驚いた」と云って、おやじが人の顔を見た。

「どうしたのです」

「いえね、ああ驚いた。さあどうぞ」

ラムネを半分許りコップに注いで、上《あが》り框《かまち》の方へ帰って行った。

どうも、少し酔っているらしい。しかし、氷ラムネは実にうまい。ラムネが咽喉を刺す様な味で通ったら、不意に茅ヶ崎の氷ラムネを思い出した。農家の離れを借りて療養生活をしている友達の見舞に行って遅くなり、帰りは夜道になった。初めは人の家の明かりが点点と瞬《またた》いている細い道を曲がり曲がって、低い石垣に突き当たり、それから折れて出た所が一面の水田であった。その中にほのかに白く見える道が真直ぐに伸びている。来る時に通った筈だが、丸で初めての所を歩いている様な気がし出した。

水田の中のその道に出てから、急に恐ろしくなり、何が恐ろしいか解らずに足許ががくがくした。急いで早くその道を通り抜けようと思っても、足が思う様に運ばない。そうして段段にこわくなって来る。立ち竦《すく》みそうで、しかし一所にじっとしてはいられないから馳け出そうとするのだが、足許がきまらない。

夢中で水田の間を通り抜けて、茅ヶ崎の駅に近い家並みに這入《はい》った。両側の明かりでほっとした目の前に氷屋があったから飛び込んでラムネを飲んだ。ラムネが咽喉を刺す様な味で通ったら、そうだ、おんなじ事を考えている。あの時も今夜も同じ味のラムネだ。

ところで今夜は何もない。あの時は、後でなぜあんなにこわかったかと云う事を考えて、病人の傍から死神を連れ出してやったのだと云う事にきめた。だから随分病勢が進んでいたのに取りとめたではないか。そんな事を本気で考えた。

どうも、そうではないね。今こうしてラムネを飲んで考えて見ると、友達の死神を背負って、途中で振り捨てたなんて。そんな事じゃない。そうではない。

腰を掛けている足許から、ぶるぶるっとした。「おじさん、ラムネをもう一本くれないか」

「へいへい」

物陰《ものかげ》からおやじが出て来て、今度は栓をそっちでぽんと抜いてから、持って来た。

「咽喉がかわきますか」

「ああ」

「お客さん、どうかなさいましたか」

「なぜ」

「いえ。まあどうぞ、御ゆっくり」

おやじが足音を立てずに、物陰へ這入って行った。

二本目のラムネは前程うまくない。もうそんなに飲みたくもない。しかし、死神ではない。何だと云うに、これを考えるのはいやだな。しかし、矢っ張りそうだ。そこを歩いて行った自分がこわかったのじゃないか。

「お客さん、何か云われましたか」

「え」

「なんか云われた様でしたが」

「云わない」

ごとごとと音をさせて、おやじは上《あが》り框《かまち》に移ったらしい。

そうなのだ。それを考えるのがいやなものだから、外の事で済まそうとして、ふふ。

「お客さん、今度は何か云われましたな」

「そうなんだよ。つまり」

「何がです」

「つまり、僕自身なのさ」

「え」

「そうだろう。しかし矢っ張り」

自分がこわいと云うのがこわいのは止むを得ない。あの時だって、今だって。

「お客さん、一寸一寸《ちょっとちょっと》」おやじが明かり先に顔を出した。「一寸、うしろを振り返って御覧なさい」

「え、何」

「一寸うしろを見て御覧なさい」

「いやだよ、うしろを向くのは」

「ああ、もう消えてしもうた」

おやじが又こっちへ出て来た。なぜ起《た》ったり坐ったり、そわそわするのだろう。

「お客さん、ここは向うが墓地でしょう。向うの空はいつでも真暗で、明かりがありませんからね。それで時時見ていると、その暗い中で光り物が光るんですよ」

「光り物って、何です」

「何だか知りませんけれどね、ここへ引っ越して来てからまだ間《ま》がないのですが、それでも大分馴れました」

「馴れるって」

「それがお客さん、ちょいちょいなんですよ。今晩あたり、又光るんじゃないかと云う、そんな気のする晩にはきっと光りますね」

「何だろう」

「それがね、人魂《ひとだま》だろうなぞと、旧弊《きゅうへい》な事は云いませんけれどね、兎《と》に角《かく》あんまり気持のいいものじゃありませんな」

「人魂《ひとだま》が旧弊《きゅうへい》だと云う事もないだろうけれど」

「そうでしょうか」

「だって、有る物は仕方がないじゃないか」

「本当にありますか」

「おかしいねえ、あんたの云う事は。しょっちゅうここから見えると云ったじゃないか」

「それはね、お客さん、それはそうだけれど、人魂《ひとだま》だか何だか」

「何だか光るのだろう」

「そうですよ」

「そうだったら、名前は何でも、人魂と云うのがいけなかったら、鬼火としても、そんな物が見えるなら、仕様がないじゃないか」

「どうもいやだな。お客さんお急ぎですか」

「いや、別に急ぐと云う事もないが」

「どっちへお帰りです」

亭主がまじまじと人の顔を見た。

「どっちって、今よばれたとこから出て来たところだ。どうせもうこの時間じゃ市電はないし、おんなじ事だ」

「宜しかったら、もう少しゆっくりなさいませんか。おやまだラムネが残っていますね」

「ラムネはもう沢山だ。おじさんは一人なのかね」

「何、今夜は一寸《ちよつと》。遅いでしょう」

「それで遅くまで店を開けているのかね」

「寝られやしませんからね、こんな晩は」

「なぜ」

「お客さん、焼酎をお飲みになりますか」

「焼酎があるの」

「氷ばかりでは駄目ですからな。よく売れますよ」

おやじの起って行った前に二斗入りらしい甕《かめ》がある。呑口《のみぐち》からコップに二杯注いで持って来た。

一つを私の前に置き、一つにおやじが口をつけた。

「このちゅうは行けるでしょう」

見ている前で半分程飲んでしまった。

「ところで、お客さん、さっきの話ですが、本当にあるもんでしょうか」

「光り物かね。それはある。現にあんたは見ているんだろう」

「そうですかねえ、いやな事だなあ」

「どんな色に見える」

「土台《どだい》は青い色なんだろうと思われますけれど、暗い所をすうと行ったのを見て、後で考えると、いくらか赤味がかった様で」

「それだよ」

「何が」

「人魂だよ」

「お客さん、あんたはどっちから来られました」

「ついこの先からだよ」

「ついこの先って」

「まあいいさ」

　おやじは頻《しき》りにコップに口をつけた。青い顔になっている。私も大分飲んだ。さっきの酔いを迎える様で、廻って来るのが解る。桶屋の惣が死んだ時、家へ手伝いに来ていた惣の娘が、暗くなってから裏庭の塀《へい》の向うを光り物が飛んだと云って悲鳴をあげた事がある。私もその仕舞頃、丁度消えかかった所を見た。

「だから、それはあるもんだよ」

「え」

「何だかあんたは、馬鹿にこわそうじゃないか」

「そう見えますか。わっしは全く今夜はどうしようかと、さっきから」

「どうかしたのですか。顔が青いよ」

「そうですか。この所為《せい》でしょう」と云って又一口飲んだ。

　おやじがじっと耳をすましている。遠くの方で犬が吠えた。

「あの犬は、どんな犬だか知りませんけれどね、わっしは知ってるのです」

「あれは随分遠くだろう」

「どこで鳴いて居りますかね。それが一度鳴き止んで、今度又鳴き出した時は、飛んでもない別の方角に移ってるんです。あんなに遠くの所から、矢っ張り遠くの別の所へ、そう早く走って行けるわけがないと思うのですけれど」

「外の犬だろう」

「いいえ、それは解ってるのです。おんなじ犬ですとも。わっしは吠え出す前から知ってるのですから」

「吠え出す前だって」

「そうですよ。鳴く晩と、だまってる晩とあって、それが解ってるのです。鳴きそうだなと思うと、遠くの気配が伝わって来るから」

「それで」

「その気配と云うものが、そりゃいやな気持ですよ」

「僕もそんな気がして来た。いやだな」

「きっと、ちいさな犬だろうと思うのです」

小さな犬だと云ったら、不意にぞっとして来た。

おやじは黙って人の顔を見ている。店の外が急にしんとして来た。今までだって、どんな音がしていたと云うわけではないが、辺りが底の方へ落ちて行く様な気がし出した。

黙っていると、風の吹いているのが解る。音はしないけれど、風の筋が擦れ合っている。

遠方で犬の遠吠えが聞こえた。

「そら」

おやじの云った通り、丸で違った方角に聞こえる。

「おんなじ犬か知ら」

うしろで女の声がして、いきなり開けひろげた店先へ、影の薄いおかみさん風の女が這入《はい》って来た。

「ああよかった。もうお休みか知らと思ったわ」

「入《た》らっしゃい」とおやじが気のない声で云った。

起ち上がって、

「いつもの通りでいいのですね」と云いながら、女の手からサイダア罎とお金を請け取った。

焼酎甕《しょうちゅうがめ》の前へ行って、呑口から罎に詰めている間、土間に突っ起った女が、ちらちらと横目で私の方を見た。顔色の悪い、しなびた女だけれど、まだ年を取ってはいない。

明かりの工合で、中身の這入った罎の胴が青光りがした。

犬がまだ鳴いている。

女はそれを請け取って、黙って帰って行った。

「こんなに遅く焼酎なんか買いに来て、亭主が呑み助なのかな」

「いいや、亭主は少し前に死んだのです」

「それじゃ、あのおかみさんが飲むのか」

「そうじゃないでしょう」

「外に舅《しゆうと》でもいるのかね」

「いや、あのおかみさん一人っきりです」

「変だねえ」

「変ですよ。男の出入もなさそうだし、わっしゃ考えて見るのもいやなんです」

昔、家《うち》の隣りに煎餅屋《せんべいや》があって、水飴も売っていた。夜遅く、みんなが寝た後で、ことことと表の戸を叩いて何か買いに来るものがある。買いに来るのかどうだか解らないわけだが、間もなく又表を締める音がするから、そうだろうと思った。それが幾晩も続いて、大概同じ様な時刻に同じ音がするから気になった。私だけでなく家の者も変に思い出した様で、しかし聞くのも悪いと思って黙っていたと云う様な事がある。

煎餅屋《せんべいや》の向う隣りは空地で、空地について曲がる暗い路地があって、その先に路地の延びた道を挟んで狭い水田がある。水田の向うは団子の様な小さな丘で、墓山だから石塔《せきとう》が金平糖《こんぺいとう》のつのつのの様に立っている。そこから、だれかが隣りへ飴を買いに来るのではないか。

墓場を通りかかると、どこかで赤子の泣く声がしたから、耳を澄ましたら地の底から聞こえて来た。人を呼んで掘り出して見ると、棺桶の中で赤子が生まれていた。身持ちの女が死んで、埋められてから子供が出たのだろうと云う。しかし母親は死んでいて乳も出ないのに、赤子がどうして生きていたのだろう。だから母親が夜になると飴を買いに来る。

「お客さん、何か考えて居られますか」

「そりゃ変だよ。さっきのおかみさんは、自分が生きていて、死んだ者に焼酎《しょうちゅう》を飲ませるんだ」

「何ですか、お客さん」

亭主が又人の顔を見据えた。初めの時の見当で遠吠えが聞こえる。亭主はその声を聞いている様で、しかし私の顔から目を離さない。

「もう一杯飲みましょう」

「僕はもういい」

私は手を振ってことわった。ろくでもない事が頻《しき》りに頭の中を掠める。焼酎はもううまくない。

亭主は起って焼酎甕《しょうちゅうがめ》の所へ行ったが、何かごそごそやっていて戻って来ない。こんな所に、わけも解らず長居《ながい》をしたが、もう帰ろうかと思う。

亭主がさっきよりも、もっと青い顔をして戻って来た。

「お客さんはどっちから来られました」

「どっちって、あっちだよ」

「本当の事を云って下さい」

段段にこわくなって、じっとしていられない気がし出した。

「実はね、家内が死にましたので」

「え。ああそうなのか」

「それで、こうして居ります」

「いつの事です」

「ついこないだ、それが急だったので、いろんなものが家の中に残って居るものですから」

「何が残っているんですって」

「それは、そんな事が云えるものじゃありません。さっきもわっしが茶の間へ上がって行ったら家内が坐って居りまして」

亭主が新しく持って来たコップの焼酎《しょうちゅう》に嚙みつく様な口をした。

「しかし、そんな事もあるだろうとは思っていますから、こっちもじっとしていたのです。それはいいが、その内に家内が膝をついて、起《た》ちそうにしたので、もうそうしていられなくなったので」

「それで」

「土間へころがり落ちる様にして、店へ出て来たら、その前の道の向うの方から人が来るらしいので、今頃の時間に変だなと思っていると、お客さんがすっと這入《はい》って来られたのです」

「それで、茶の間の方はどうなったのです」

「それっきりです」

「大丈夫かね」

「もういるものですか。そりゃ、わっしだって気の所為《せい》だぐらいの事は解っていますけれど、向かい合った挙げ句に、起ち上がる気勢を見せられては、そうしていられませんので」

「さあ、もう行かなくちゃ」

「どこへです」

「帰るんだ。いくらです」

「お客さん、本当にどこへ帰るのです」

「家《うち》へ帰るのさ」

「家《うち》と云われるのは、どこです」

亭主がにじり寄る様な、しかし逃げ腰に構えた様な曖昧な様子で顔を前に出した。

「本当を云うと、お客さんは、この前の道を来られましたな。この道の先の方に家《うち》は有りやしません」

「さあ、もう帰るよ」

「墓地から来たんでしょうが」

頭から水をかぶった様な気がした。

「そうだよ」

「そうら、矢っ張りそうだ」

「そうだよ」

「お代なんか、いりません。早く行って下さい」

紙入れを出そうとしたら、向うから乗り出す様にして、その手をぴしゃりと叩いた。

「どうするんだ」

「いらないと云うのに」

自分の顔が引き攣《つ》って縮まって、半分程になった気がした。

それでは、墓地へ帰ろうか、と云う様な気持になって見る。

明かりの陰になっている上《あが》り框《かまち》のうしろの障子がすうと開いた。何か声がした様だが、聞き取れない。亭主が振り向いて、もう一度こっちへ振り返った顔を見たら、夢中で外へ飛び出した。息切れがして苦しくなった。気がついたら、来る時の四ツ辻を通り越して、その先の墓地の道を歩いている。

昭和二五年／『内田百閒集成　4』

〝私〟と氷屋の亭主、どちらが先に正体を現すか、気の抜けないやり取りが延々と続く。どこまでいっても二人の会話は微妙にすれ違っている。一種の対決である。ラムネの栓が抜ける音を異様に怖がり、奥さんの幽霊を見、犬の吠え出す気配を感じ取る氷屋の亭主に軍配が上がりそうで、簡単に決着はつかない。〝私〟はどこへ帰るのか。知りたくない、知りたくないと口の中でつぶやいているうち、その声がいつの間にか、犬の遠吠えにすり替わっている。

布哇の弗

去年の夏のうちに非常に暑かった時が三度あったが、その二度目の暑さが続いている七月二十日過ぎの或る朝、まだ八時になるかならないかに、玄関に人が這入《はい》って来て呼鈴を鳴らした。

家の者が取次ぎに出て持って来た名刺を見ると、臺北師範学校教諭宮本某とあって、住所も何も書いてない。しかし公式の名刺はこれでいいと思った。私に会いたいと云うのだそうであるが、私はまだ目をさました計《ばか》りで、人に会いたくないから断れと云うと、その客は明日の晩船に乗って布哇《ハワイ》へ行くのであって、一ヶ月後にまた帰って来るが、たつ前に是非私に会いたいと云う事を家人がもう一度取次いで来た。何だかがあがあした声を出してわめき立てている様子で、離れた所から聞いていても暑苦しかった。しかしそんなに云うなら午後から出なおして来ればお目に掛かりましょうと云わせたら、それでは又伺うと云って帰った。

午《ひる》に近くなると非常にむしむしして来て、こんな暑い日に人と約束なぞしなければよかったと後悔したが、まだ一時にもならぬ内からその客がやって来た。

座敷に通して対座して見ると話しの調子に訛りがあって、その訛りに聞き覚えがある様に思われた。

客が云うには、自分は先生と同郷である。三高から京都帝大の文科を出て、臺湾に赴任した。自分の兄が布哇で邦字新聞を発行しているので、それに御寄稿をお願いしたいと思って伺った。短かい物で結構ですが、如何《いかが》で御座いましょう。

それで私は、寄稿しない事もないが、布哇の邦字新聞と云う物を見た事もないから、先《ま》ずその新聞を送って戴きたい。私の同郷だとのお話しであるが、お言葉の調子は私の郷里の町の人の様ではない。お国はどちらですかと尋ねて見た。

お言葉の通り自分は市中の者ではない。生家は備中の玉島にあると客が答えた。

私の郷里は備前の岡山であって、玉島と云うのは隣り国の備中にある古い港町である。山陽線で行くと、庭瀬、倉敷、玉島と岡山から三つ目の駅であったが、その後に段段駅の数がふえたから、今ではいくつ目になっているか知らない。玉島の駅は町から随分離れているのであって、その間一里であったか二里であったか忘れたけれど、俥《くるま》で行った事を覚えている。初めて山陽線を敷設する時に、玉島の町を通らせるつもりであった所が、当時の人人の考えで、汽車が通ると、旅客が素通りをするから町がさびれると云うので、町に接近して駅をつくる事を玉島でことわったと云う話を聞いた事がある。

高等小学校の時、初めての一泊旅行で玉島へ行った事もあるが、それより前から私は玉島を知っているのであって、ずっと子供の時、毎年夏になると玉島から海辺の長い土手を伝って二三里先にある沙美《さみ》の海水浴場へ父母や祖母に連れられて行った。或る夏沙美の避暑客の中に虎列剌《コレラ》が出たので、私共は真暗な土手を伝って漸《ようや》く玉島まで逃げて帰った事がある。ずっと後になってそれが知れたから、市役所の消毒隊が私の家へやって来て、私共の身体を石炭酸を沁ませた冷たいきれでごしごし拭いたりした。

玉島には昔三十八銀行の出宮さんと云うおじさんがいて、私の父と仲がよかったから向うからも時時私の家へ来るし、父もよく玉島へ出かけて行った。父の若い時の事で大いに遊んだものと見えて、三十八銀行の出宮さんや私の父の名前などを詠み込んだサノサ節が遺っている。

祖母のお寺友達のお婆さんが玉島の駅から町まで人力車に乗って行ったところが、降りた時に俥屋《くるまや》が初めの約束と違う賃銀をせびり出した。それでそのお婆さんが怒って、そう云う事を云うならお金は一銭もやらぬ。又自分もここ迄連れて来て貰わなくていいから、もう一度俥に乗せて、もとの駅まで帰ってくれと云った話を思い出した。

玉島の虎屋の饅頭《まんじゆう》は、岡山の大手饅頭に劣らぬ程有名であったが、今でも有るか知らと思った。竹に虎のレッテルの模様をすぐ目の近くに思い出しそうで、どうも図柄がはっきりしない。そんな事をいろいろ考えたので、初めはうるさい客だと思った臺北師範学校の宮本氏が、当座の話相手として、そんなにいやでもなくなった。

只今お話しのあった玉島の出宮さんは代が変わりまして、御子息の何とかさんがどうしていると云う様な話しをするので、私は昔がなつかしくなった。

出宮さんの家は、入江だか川だかの縁にあって、私は夏にしか行った事はないのだが、座敷の窓の外に厚い渋紙の帆の様な物を斜に突き出して、水の上を吹いて来る冷たい風を家の中へ入れる様にしてあったが、玉島ではどこの家でもあんな事をするのですかと私が尋ねた。

さようです、さようです川縁の家ではよくそんな事を致します。又一度玉島へお遊びに入らっしゃいませんかと客が云った。

貴方は私などより大分後になるらしいが、しかし中学は矢張り岡山でしょうと聞くと、いや中学は広島ですと云った。備中なら岡山へ来るのが普通であるが、しかし私の友人にも備中から広島の中学へ行った者がある。だからそんな事は不思議でもない。

三高の話はしなかったけれど、私が学校の教師をしていた当時の同僚に、丁度この客と同じ頃京都帝大を卒業したと思われる男があって、郷里もたしか備中であったと思い出したから、その男の事を聞いて見たらよく知っていて、色色学生当時の事を話した。その男は放蕩ばかりして何とか云う料理屋の様な家から学校に通っていたと云うのも本当だろうと思われた。

私の飼っている小鳥が隣りの部屋で鳴き出した声を聞いて、客は今度布哇《ハワイ》から帰る時に小鳥を持って来てやると云った。

布哇の小鳥などは欲しくもないし、又お土産に持って来ると云っても生きてはいないだろうと云うと、いやそんな事はない、自分には前に経験があるから大丈夫だと云った。布哇から素人の手で無事に持って来られる様な小鳥は飼っても面白くないからいらないと云ったが、客には合点が行かなかったらしい。是非何かやると云ってきかないから、それなら蜂雀《ハミングバード》は布哇にいるかと尋ねると、沢山いると云った。蜂雀は所によって多少大きさが違うそうだが、布哇のは小さいかと聞くと、小さくて可愛らしいと請合った。しかしどの位の大きさだと念を押して見たら、山鳩ぐらいだと云うので、これは話が違うと思って諦めた。蜂雀は羽根の儘で親指の一節ぐらいと云われる世界中で一番小柄な鳥である筈なのに、布哇では山鳩程もあるのは可笑《おか》しい。客も小鳥の話は勝手が違ったので止めて、なんにも置いてない床の間の方を頻りに眺めながら、今度帰る時は、差し渡し二尺ぐらいもある貝殻を持って来てやると云い出した。床の間の飾りにすると中中よろしい、この前布哇から帰る時、だれやらさんに持って来て上げたが、今でも床の間に飾って居られます。

時に御寄稿の件を早速《さっそく》御承引戴いて誠に有り難い。こう云う事を無躾《ぶしつけ》に申上げるのは甚《はなは》だ失礼であるが、あちらではお金の事はあっさりと話してしまう習慣になっているので、どうかお気にさわられない様に願い度い。布哇の邦字新聞と申しても、在留邦人が全部購読するわけでもないから、十分のお礼も出来兼ねるが、東京の一流の雑誌社なり新聞社なりから先生に差上げる稿料の金額をそのまま弗《ドル》に数えて差上げると云う事にして御諒承を願いたい。例えば仮りにこちらで一枚五円ならば五弗と云う事に致しまして、一弗は只今のところ三円三十銭前後ですから、ざっと一枚十五六円と云う事になります。いかがでしょう、これで三四回か四五回続きの物を年に二三度御寄稿願えませんでしょうかと客が云った。

私はすぐに胸算用を始めたが、一度書いてやると日本のお金にしていくらになるのか、咄嗟《とっさ》には解らなかった。兎《と》に角《かく》大変ないい話を聞くものだと思って、団扇《うちわ》ではたはたと自分の顔をあおいだ。

御原稿を頂戴いたしましたら、すぐに向うからその稿料をお送り申上げますが、その節は御領収の旨の電報を頂戴致したいので、そのアドレスなどを刷り込んだ用紙は来月帰る時に持って上がってお手許《てもと》に置いときます。こう云う際の事ですから、そうやってお筆の力で外国の金を日本へ取り寄せられると云う事も無意味では御座いますまい。正宗白鳥先生などにも以前からお願いしているのでして、私は御同郷のよしみで時時お邪魔致しますが、お前の所に原稿をやるとお金を沢山くれるのはいいけれど、布哇の新聞に載るのでは影響がないので、それがつまらないと云うお小言を戴きます。実は今度ももうお伺いしてお願いして参りました。今日はまたこれから泉鏡花先生のお屋敷へ伺うつもりです。

暑いので冷たい珈琲を出したり、氷水を取り代えさしたりして頻《しき》りにもてなした。私も今までいい目を見た事がないが、どうやら運が向いて来た様に思われる。そんな話なら年に二度や三度でなく、もっと度度寄稿してもいいと考えた。

序《ついで》に先生の御著書を出来るだけ揃えて持って行きたいと思いますが、どう云う物が御座いますでしょうか。東京で本を買って来る様にと申しまして、四千円送って来ましたので、今日から明日の間に本屋廻りをしなければなりません。

それは大変な事だと思ったが取り敢えず私の著作目録のついている単行本を二階から取って来て見せた。一寸二階へ上がって下りただけでも一時に汗が吹き出る程暑かったけれど、そんな事は余り気にならない。今これを写し取られるのは御面倒だろうから、本屋でこの本を一冊お求めになれば、後はみんなここに載っている目録で揃える事が出来るでしょう。一冊差し上げるといいのですが、手許《てもと》に代りがないからその様にして下さいと私が云った。

話しの間に私の事を時時百モン先生と云うのが気になったけれど、百間の間の字を聞と間違える人がたまにある様だから、この客も矢張りその一人なのだろうと思った。

丁度その月の中央公論に私の俳句が七句か八句載っていたが、客はその座にあった雑誌を手に取って、話しの合間合間に私の俳句に見入っているので、俳句はお好きですかと聞くと大好きだと答えた。それでは、さっきの単行本は差し上げられないが、私の句集なら手許に余裕があるから進上しましょうと云って、又暑いのに棚から百鬼園俳句帖を一冊卸ろして来た。

客は非常によろこんで、今まで大阪の青木月斗先生から俳句を頂戴しているが、今後は先生からも頂戴したい。月斗先生には一句二弗《ドル》と云う事にして戴いている。先生もそれでよろしいでしょうか。その外に月斗先生のお出しになっている雑誌の同人の方から戴いたのは一弗と云う事に願って、結局毎月八十弗ぐらいはお送りしている。しかしもっと多い時もある。奥様から、余り沢山お金を送って来ると月斗先生がお酒を召し上がって困るからいい加減にしてくれとお小言を戴く始末です。月斗先生はお酒がお好きで、お酒のげっぷがげっと出る迄召し上がるから月斗と仰しゃるのだそうです。いかがで御座いましょう、先生の俳句もあちらの新聞に戴けませんでしょうか。新らしいのでなくても、只今頂戴致しましたこの句集の中から、季節季節で転載させて戴けばそれで結構です。矢張り一句は二弗と致しまして、私があちらに参りましたら、この句集全部の句数をそれで計算致しまして、早速お手許にお届けする様致します。

私は自分の句集にどの位句の数があったか覚えていないので、いくらになるかと云う事がすぐには解らなかったけれど、段段いい話になるので、暑さを忘れる様でもあり、又ますます暑くなる様でもあった。

なお先生の御著書を求めて参りました中から、向うの新聞に連載するに都合のよろしい様なものを選びまして、一冊の転載料何百弗《ドル》と云う事で御承引願えませんでしょうか。それも私があちらへ著《つ》き次第すぐに決定させましてそのお礼をお手許《てもと》へ届ける様に計らいます。

帰る間際になって、あちらへ行ってから在留邦人をよろこばしてやりたいと思うから短冊を書いてくれないかと云うので承知した。私はただ書いてやるつもりでいると、向うへ行ってから、一枚を五弗に売るが、只今の先生へのお礼は一枚十円と云う事に御勘弁を願いたい。五弗だと十六円なにがしになるけれど、その半端は新聞社の儲けと云う事にさして戴きたいと云った。

私は丁度手許の中央公論に載っている夏の俳句ばかり書いて、六枚でやめた。すると、それでは六十円、只今うっかりして百円紙幣をこわさずに来たから、後で使にお礼のお金を持たせて、その節この短冊を頂戴すると云った。私の家にお金のない事を見抜いた様な事を云ったが、その通りなので、それは後で結構だけれど、短冊を置いて行ったりするには及ばない。お持ちなさいと云うと大いに恐縮してそれでは早速後からお礼をお届けすると云って、短冊を大きな鞄の中に入れて帰った。

暑い盛りを何時間も対座したので、後でへとへとになったが、しかし内心は悪い気持ではなかった。

後からすぐ来る筈の使は来なかったけれど、出帆前にその暇がなかったのであろうと思った。それから一月たって八月の末には随分待ったが布哇《ハワイ》の帰りに寄る筈の客は来ない。到頭一年たって又暑い夏になったけれど何の便りもないので甚《はなは》だ待ち遠しい。玉島の客はその後加減でも悪いのではないかと、時時案じている。

昭和一四年／『内田百閒集成　5』

誰かが不意に訪ねて来る。それが只者でないのは、『雲の脚』も『サラサーテの盤』も同じである。しかし水引のかかった兎を持参したり、サラサーテの声が録音されたレコードを持ち帰ったりする人に比べて、宮本某の何と明快なことであろうか。詐欺師をこんなにも清々しく描けるとは、愉快でたまらない。騙された百閒が羨ましい。

他生の縁

五番は老夫婦に孫の様な女の子が一人と、その外に婚期を過ぎた無愛想な娘さんが、時時田舎から来て、暫らくの間その部屋に一緒にいる事もある。東京で洋服裁縫の実習所に通う事になったなどと云っているかと思うと、又いつの間にか姿を消してしまう。小さな女の子の顔がその娘さんによく似ているので、姉妹だろうと思うけれど、五番の奥さんは、そうではない、あれは親類の子ですと云うのである。奥さんは派手好きとか若作りとか云うよりも、少し常軌を逸しているのではないかと思う様な恰好をして、赤い物を平気で身につけた。著物《きもの》の柄などの事は余りよく解らない私が見ても吃驚する位である。人と話しをするのを聞いていると、声はまぎれもない婆声なのに、云っている事は丸で自分の歳を忘れたような、どうかすると、あどけない様な口調を弄したりする。だから大きな娘さんも、実は矢っ張り奥さんの子で出戻りなのかも知れないが、そんな大きな子供があっては自分が年寄りに見られるから、それで隠しているのだろうと私共は邪推した。そう思って見ると、娘さんが奥さんを人前で何と呼んでいるかと云う事がはっきりしなかった様である。おばさんと云う様な呼び掛けは一度も聞いた事がなかったし、又小さい女の子の云う「母ちゃん」をそのまま真似て「母ちゃんはどうしますか、母ちゃんも一緒に行きますすか」などと云っている時はわざと小さな子供の言葉を借りている様に見せかけていると思われる節もあった。帳場の女中が私の部屋に来て、五番の奥さんはいくつ位に見えますか、先生には解りますまい。本当は先生のお母様にしてもいい位の年なのですよ、宿帳に生まれた年が書いてあるから、繰って見たのですわ。職人のつかう符牒の帳面を持って来ましょうかと云って、面白がった。五番と云う数は、職人のつかう符牒の「ホン、ロ、ツ、ソ、レ」のレに当たるので、私は五番の奥さんを「レ婆」と名づけて、英語の様にレバーと呼び、御主人は「レ爺」だからレジー、大きな娘さんは「レ姉」のレネーと云う事にした。

レジーは夜学の先生で、後には昼間の私立稼ぎにも出かけた様である。何年も同じ下宿にいたけれど、人の顔を見ると、すっと向うへ行ってしまう様な風なので、一度も口を利いた事がない。何を教える先生か知らないが、いつも黙黙として、下宿の玄関で一日に何度も靴を脱いだり穿《は》いたりした。洗面所でレバーが氷枕に水を入れているので、だれか病気なのかと思ったところが、レジーが年中水枕をして寝るのだそうである。少し寒くなってからは、レジーはつい近所の銭湯へ行くにもインヴァネスを著《き》て襟巻をして、ちゃんと帽子をかぶって出掛けた。

レバーは非常なおしゃべりだが、レネーは平生はむっつりしていた。しかし強いところのある性分と見えて、いつか同宿の学生が小さな女の子に何とか云ったとか云うので、レネーが乗り出して来て、急に洗面所の傍でいきり立った。失礼なとか、侮辱してるわとか、それではすまないだろうとか大変な権幕になって、声を上ずらせ、そこいらを歩き廻って、相手の学生を沈黙させてしまった。

五番と私とがその下宿の古顔である。五番は二階で、私は下の十九番であった。下宿の建物は以前は市電従業員の合宿所だったそうである。その後を買い受けて、幅の広い階段を新らしく造り、中庭に樹を植えて、旅館下宿の看板を掲げてから間もない時、私がその裏の空地から歩いて来て、下宿の前に流れているどぶ川のどんどん橋を渡った。どこかに一時の宿りをもとめて、暫らくの間世間から遠ざかりたいと考えていた時なので、横側の板壁に貼りつけてあった空き間札がすぐ目について、そこの一室にもぐり込んでから、四五年の間憂鬱な夢を十九番の障子の陰で見つづけた。

その下宿は「一泊一円」の元祖ではないかも知れないが、一番早くから始めた中の一軒には違いない。色の褪せた一組や、どう考えて見ても一緒には想像出来ない様な、ちぐはぐの二人連れが、時によると昼間からやって来て部屋の障子を閉め切った。するときまってレバーが用ありげに部屋から出て来て、その前を行ったり来たりした。五時によると、廊下の曲り角に身体をかくして、長い間立ち聞きしている事もある。五番さんは困ってしまう、あんな事をされると、商売の邪魔になりますと云って、帳場ではぶうぶう云いながら、止めて下さいとも云い出せなかったらしい。

女給風の女は概して無遠慮で、自分の部屋から出歩いて、廊下をぶらつき廻ったり、洗面所でお化粧したりした。そう云う時にレネーが擦れ違うか、又は洗面所で一緒になったりすると、さもさも苦苦しい顔をして、ぷいと向うへ行ってしまう。その様子から、レネーは何となく耶蘇《ヤソ》教ではないかと云う気がした。

中には来たと思うと、部屋の中に落ちつくか否かに、すぐ又帰って行くのである。それでも料金は最初に貰っておくのだから、帳場ではかまわない筈だけれど、お神さんや女中がその後姿を見送って、何となく片づかない顔をしている。

若い男が一人、二階の隅の部屋に泊まり込んで、二三日過ぎた朝、廊下でどたばたしていると思ったら、自殺を企てて重態に陥っていたので、病院にかつぎ出すところであった。

矢張り二階の二番の部屋に、受験に上京したと云う学生が泊まっていたけれど、一度も顔を見た事がなかった。夜中頃に階段を上がったり降りたりするあわただしい足音がしている様に思って、その儘また寝てしまったら、翌朝聞くと脚気の衝心で死んだのだそうである。今日国許から親が来るまで、まだあの部屋に寝かしてあると云った。下の廊下から中庭を隔てて見上げると、二番の部屋の閉め切った障子が、汚れたなりに妙に白らけた様に思われた。

二階の六番は二間続きの一番上等の部屋で、滅多に客が這入《はい》らなかった。そこへ声の高い二人連れの紳士が泊まり込んで、頻《しき》りに出這入りをし、方方に電話をかけた。晩には訪問客にも客膳を出させて、遅くまで酒を飲んでいると、お神さんや女中がいそいそと銚子の代りを持って階段を上がり下りした。

満洲から事業を起こす為に東京に出て来たと云うので、そう云う事の好きな下宿の主人は挨拶に出て、一緒に話し込んだ。一週間ばかりいる内に、話しも順調に進んだとかで、明日の晩は二階の二間を打ち抜いて、十五六人のお客をするのだと女中が話した。そう云う大勢のお客に本式の御膳を出す事はうちでは出来ないから、お料理の仕出しをする魚屋にさっきお神さんが誂えて来た。二ノ膳のつく御馳走ですわよと云った。

翌《あ》くる日のお午頃《ひる》、帳場の電話の前で大きな声がしていた。段段声が荒荒しくなって、しまいには喧嘩になった様子であった。わっ、わっと云う様な声がしたと思うと同時に、がたん、ぴしゃんと物の毀《こわ》れる音が聞こえた。電話をかけているのだと思ったが、帳場で主人と喧嘩をしたのか知らと不思議に思っていると、後で女中が来た折り、六番さんは怒って電話をこわしてしまったと云った。何故電話をこわしたかと聞くと、向うに出た話しの相手が不都合で怪《け》しからんから腹を立てたのだそうです。受話器を掛ける金の棒をたたき折って、紐を千切ってしまいましたと云った。それは困る、電話を毀してしまっては、こちらが迷惑するじゃないか、旦那はだまっているのかと云うと、旦那は困るには困るけれど、ああ云う気象の真直な人は、人を信用し過ぎるから、一寸《ちよつと》話しが間違うと、すぐにかっとする。あの権幕では向うの相手も考え直すに違いない、電話では埒《らち》が明かんから、行って話をつけて来ると云って出かけられたから、何とか纏《まと》まるだろう。それが駄目だとしても、今晩見えるお客様の中に、いくらも出資者はあるのだから、そんな相手はほっといてもよさそうなものだが、そこがああ云う方の気象なのだからねと云って、大変な肩の入れ方だそうである。

六番の二人連れの紳士は、それきり宿に帰って来なかったけれど、お料理の方は夕方になる前にみんな届けられて、平生使わない洗面所の前の八畳に、十五人分二ノ膳附きの御馳走が一ぱいに列べてあった。いつまで待っても六番さんが帰らないのみならず、不思議な事には案内してある筈のお客様が一人も来なかったそうである。それから二三日の間、私共は毎日お膳の上に載せきれない程御馳走を食わされた。頭つきの鯛の焼物を、私は古顔と云う為かも知らないが、二日続けて二匹も食った。六番さんの為に百五六十円踏まれたと云って、後で主人がこぼしていた。

お神さんの田舎から親類の娘が手伝いに来た。顔も手もからだつきも、大きくてごつごつしているけれども、素直なやさしい気性らしかった。それに骨身を惜しまず、一人で人のする事まで引き受けて働くので、だれにも好かれて、よしのさん、よしのさんと忽《たちま》ちみんなに親しまれた。

十六番にいた私立大学の学生は、学校に行っているのかどうだか知らないが、ぶらぶら出歩いたり、友達を引張って来たりするばかりで、勉強なんかしている様子はなかった。甘っぽい声をしているので、それが又自慢らしく、いつも部屋の中で歌を歌っていた。

よしのさんは多分その声に惚れたものだろうと思う。はたの者がからかう位十六番の用と云うと、真先に飛んで行くようになって、学生の方でも、また頻りによしのさんを呼び立てた。「いやじゃありませんか」と云う挨拶の流行った当時で、十六番が自慢の声を色色に揉んで電話をかけるのを聞いていると、相手が何か云うらしいのに対して、のべつ幕なしに、「いやじゃありませんか」ばかり云っている。電話は帳場にあるから、よしのさんは又そのいきな挨拶に聞き惚れているのだろうと思った。

よしのが私の部屋にお湯を持って来ても、「先生、雨が降り出しましたのよ、いやじゃありませんか」とか、「あら、郵便が来ていたのに忘れて来たわ、いやじゃありませんか、すみません、今持って来ますわ」などと云い出した。そうして廊下を大きな足音でどたばた走りながら、「いやじゃありませんか」と独り言を云っている。

「よしのさん」と帳場で呼ぶ声がすると、私の部屋から鉤の手になっている十六番の障子が、がたがたと開いて、よしのが廊下に出てから、「はあい」と返事をする声が、あわてた様に聞こえた。

お湯や炭を持って行ったまま、そこに膝を突いて暫らく話し込んで来るのが段段こうじて、後の障子を閉め切って、中に這入《はい》り込む様になった。十六番の試験勉強の時などは、先《ま》ず本人の学生の方で大騒ぎをして、勉強だ勉強だと云いふらすと、よしのさんは本気になって、大学生の勉強は大変なものだろうと案じているらしかった。夜は一人だけ遅くまで起きて、頭を冷やす水まで汲んで行ってやったそうである。そう云う事を、よしのは翌日になると私共の部屋に来ても、憚《はばか》るところなく話して行くものだから、レバーなどは洗面場で会っただれでもつかまえて、年寄りの焼餅の様な変な事を云うし、当人のよしのさんに向かっては、からかっているのだが、実はレバーの方が興奮しているらしいところもある。

「でも、よしのさんは、ほんとにお楽しみだわねえ」などと、取ってつけた様な事を云うと、

「あれ、奥様いやじゃありませんか」と云って、よしのさんは棒の様な腕をにゅっと出して、レバーを打つ真似をする。

「わっはは」とレバーが笑って「恥ずかしがらいでもいいわね、よしのさん、若いうちじゃものねえ」と云いすてて、思わせ振りな足取りで向うへ行ってしまう。

レネーはそう云う冗談一つ云わないのみならず、よしのに対して、この頃は目に見えてつんけんすると、よしの自身が話した。

「そりゃ、よしのさんがちらくらするからさ」と私が云った。

「ちらくらて何よ、先生わかんない事を云って、いやじゃありませんか」とよしのが云って、探る様な顔をした。まだ間違いはないらしいが、今に田舎から来たばかりの娘さんの身の上に、取り返しのつかぬ事が起こりそうで、傍から見ていると、はらはらした。

寒い晩遅く、十六番の学生が酔っ払って帰って来た。玄関で歌を歌って見たり、ひょろひょろした足取りで廊下を踏んだりしているけれど、それ程酔っていない事は、傍で聞いているとよく解った。

よしのが附き添って部屋に入れると、そこで又さもさも酔っ払いらしい駄駄をこねていた。

「よっちゃん、おいよしのさんてば、己《おれ》は頭が痛いよう」

「今水を汲んで来て上げるわよ」

「よっちゃんに揉んで貰えば我慢するよ、痛い痛い、己はねえ、よっちゃん、頭が痛いよう」

それからよしのが行ったり来たりして、しまいに寝床を取って寝かした様子であった。よしのが帳場の方に行って暫らくすると、又十六番で手をたたく音がした。

「何よ、なぜベルを押さないの」とよしのの云う声がした。

「苦しくて身体が動かせないのだよ、よっちゃんそこにいておくれよ」

暫らく静まっていたと思うと不意によしのの抑えた様な笑い声がした。

この話は十年近い昔の事だけれども、よしのはその二三年後に死んでしまったので、あんな頑丈な娘さんが、どうしてそんな事になったかと思う度に、ついその当時の事を思い出すのである。

よしのはそれから後は私共の部屋に来ても、十六番の事は一口も云わなくなった。間もなく十六番がどこかへ下宿を移って、それから暫らくするとよしのが田舎へ帰った。おなかが大きくなったのだと云う話であった。そのお産もうまく行かなかったとかで、大分痩せて東京に出て来て、それから下町へお嫁に行ったのだが、お産の際に前の時の事がさわって、難産で死んだのである。

下宿の営業も段段工合がわるくなって、まだ私のいる内から、農工銀行の抵当に這《は》入《い》っている建物の明け渡しを迫られて困ると云う話を聞いた。私も次第に苦しくなり、下宿料がたまるばかりで、しまいには玄関の出這入りにも帳場に気をおく様になったので、そこを這い出してから、もう何年にもなる。その後でいよいよ強制執行を受けて、家の人が立ち退いたすぐその晩に、近所の浮浪人が集まって来て、畳建具を一つ残さず何処かへ持って行ってしまったと云う話も聞いた。

十日許《ばか》り前の晩に、用事があって久し振りにその方角へ行ったから、一寸《ちょっと》どんなになっているか見て来たいと思って、その晩はどんどん橋の方から空地に向かって渡って行った。もとの下宿はそのままの所にあるけれど、全くの吹通しで、こっち側から広い家の部屋を通して、向うの人の家の燈りが見えた。外の薄明かりをがらんどうの家の中に包み込んで所所に目を遮る壁や天井も、暫らく佇んでいる内に、一色の灰色の曖昧な大きな塊の様に思われ出した。帰って来てからも、その荒れた家の有様を頻《しき》りに思い出す様な気がするので、それから思いついて、当時の思い出を綴っておく気になったのである。

昭和一〇年／『内田百閒集成 5』

この短い枚数の中に、人の生き死にも、恋も、裏切りも、人生の滑稽も、すべてが詰まっている。ジョゼフ・コーネルの箱のように、つましい欠けらが光を放っている。特にレバーだ。人を吃驚させる柄の着物に身を包み、若者の恋に興奮するレバー。彼女が箱の宇宙を回遊する。そのあとを百閒の視線が追う。それなのになぜか最後には、箱はがらんどうになっている。

黄牛

応接室に通されて、待っていたけれども、主人は中中顔を見せなかった。窓の下の道を隔てた向う側の電信柱に、黄色い朝鮮牛がつながれている。顔をこちらに向けて、時時、目ばたきをした。私を見ているのだか、いないのだか、何時まで眺めて見ても、牛の目のつけどころが、はっきりしなかった。

応接室の中に、私の椅子の位置と向かい合って、粗末な外套掛けの台が据えてある。そこに掛かっている私のインヴァネスと、その上の帽子と、横に立てかけたステッキなどを眺めながら、煙草を吸ったり、欠伸《あくび》をしたりしている内に、私は自分の身に著けている物の由緒来歴をいろいろと考え始めた。

帽子は、チェッコ・スロヴァキア製の黒の天鵞絨《ビロード》帽である。数年前に、朝日新聞社内の廉売場で、同社の航空部にいる中野君が、私を連れて行って、買ってくれたのである。買ってくれた時から、既に裏の絹が破れていた。今では大分古色を帯びて、折れ目になったところの毛は、すっかり切れてしまい、黒い地に薄白い条が走って、あんまり立派でないけれども、私の頭が無暗に大きくて、滅多な帽子は乗っからないから、これで当分我慢する事にする。

インヴァネスは、十年前に、私が神田で、ぶら下がっているのを買ったのである。それまでは上に羽織る物がないから、ただ頸巻をし、手套をはめた手で懐手をして、街を歩いた。一緒に歩いた多田教授が気の毒がり、先生インヴァネスをお買いなさい、と頻《しき》りにすすめるのである。私は、買ってもいいけれど、高そうだから、いやだ、二十円までなら買いましょうと云った。すると、多田君は、二十円も出せば買えますとも。もしそれより高かったら、僕がその超過額を出しますから、是非お買いなさい、とすすめた。

ところが、行ってみると、一番やすいのが二十二円五十銭なのである。止むなくそれを買って、今日まで著《き》て歩いている。ボタン穴はすぐに破れるし、襟の毛は毟《むし》ったように切れてしまって、今から見ると、当時は随分物価が高かったのだなと思う。

その後、多田君からは、度度お金を借りたり、返さなかったりしているけれども、それは又別の話であって、この時の多田君の負担額二円五十銭は、十年の今日に至るも、なお未だ返して貰った記憶がない。冬になってインヴァネスを著る毎に、私は思い出す。

外套用のインヴァネスのポケットから、白い手套がのぞいている。これは私の年来愛用する軍手であって、洗えば洗うほど色が白くなって、糸も柔らかくなり、何となく絹のような手ざわりがする。一揃十銭である。私はこの同じ軍手を三揃持っている。

右手と左手との区別は、洗濯と洗濯との間の仮りの定めであって、洗えば右も左も解らなくなってしまう。つまり親指の袋が、他の四本の同じ線上に、真直ぐに並んでいるのである。だから、洗濯後に突込んだ手の恰好によって、右と左の姿が出来上がるに過ぎない。従って、三揃い六個の手套の内で、どれとどれとが一対であると云う様な、窮屈な関係もない。

ステッキは本格の籐《とう》である。握りには象牙がついているけれども、さるステッキ通の話に、ステッキを見る時、握りを気にする様では駄目です。ステッキはその棒によって鑑定すべきものですと云うのを聞いて、成程と思い、私は籐の色合、石突に近くなった部分の自然に細くなりかかっている線の工合などを自慢にしている。昭和六年法政大学学生の羅馬《ローマ》飛行の帰途、学徒操縦士の栗村君が買って来てくれたのである。一緒に行った熊川飛行士が、このステッキを銀座で探したら、百円では買えませんよと教えてくれた。学校に来たステッキ屋に評価させて見たら、六十円から七十円ぐらいのものですと云った。だから私は方方ついて歩いても、色色心配する。常に、何人かが持って行きやしないかと云う警戒の念をゆるめない。本郷の藪《やぶ》に蕎麦《そば》を食いに行った時、上り口に靴や下駄が一ぱいに列んで、その傍に、ろくでもないステッキが五六本立てかけてあった。こんなのと一緒にされて、間違えて、或《あるい》は故意に持って行かれては堪らないと思ったから、その儘ステッキを持ったなり二階に上がって行ったら、一高の生徒が、いやな顔をしながら私を睨めて、あいつ、ステッキ持って上がって来やがったと云った。

羽織は友人が著物《きもの》に著古した後の、洗張《あらいはり》の反物を貰って、裏には布団の裏を引っぺがした布をつぎはぎしたのが附いているそうだけれども、そう云う技巧の点に到ると、私にはよく解らない。

袴は森田草平大人のお古を貰ったのである。貰ってからでも、もう数年たつけれども、まだ破れない。ひそかに思えらく、袴には方方に深い皺があって、そこが自由に拡がったり、又二重になったりするから、それで破れないのであろう。或は破れていても、見えないのである。洋服のずぼんにも、襞《ひだ》をつける事にしたらよかろうと考えた。

それから、履物は洒落《しゃれ》たフエルト草履である。初めは足に力が這入《はい》らぬ様な気持がして、足の裏が擽《くすぐ》ったくて、穿《は》きにくかったけれど、段段に馴れて来て、この頃では少少雨が降っていても、アスファルトの上なら、草履で歩く。この草履のもとの持ち主は、今、市ヶ谷の刑務所に入れられているのである。不思議な縁故で、その草履を私が貰って穿いている。足の尖に感慨が下りて行くような気持がしかけた時、窓の外の黄色い牛が、貧弱な声で「めえ」と鳴いた。その拍子に、入口の扉が開いて、主人が、どうもお待たせ致しましたと云いながら、這入って来た。

取り留めがない、と言えば、取り留めがない。ただ自分の身に着けている品に、思いを巡らせているだけである。ステッキ以外はすべて安物だ。人のお古か、買ってもらったか、いずれにしてもくたびれている。なるほどなあ、とうなずいているうち、ふと思い出す。最初の段落に出てきた〝黄色い朝鮮牛〟を。黄色い牛なんているのか？　草履の持ち主はどんな罪を犯したのか？　なぜ牛が「めぇ」と鳴くのか？　応接室に入ってくる主人の顔を、私は決して見たくない。

長春香

長野初さんは、初め野上臼川《きゆうせん》氏の御紹介で、私の許《もと》に独逸語《ドイツ》を習いに来た。目白の日本女子大学校を出て、その当時帝大が初めて設けた女子聴講制度の、最初の聴講生の一人として帝大文科の社会学科に通っていた。女子大学では英文科の出身なので、独逸語を知らないから、大学の講義を聴くのに困ると云うので、私に教わりに来たのである。私はその頃は陸軍士官学校と海軍機関学校と法政大学との先生を兼ねて、勤務時間は多くて忙がしかったけれど、家に帰れば法政大学の学生が訪ねて来るのをお伴にして、活動写真を見て廻ったり、一緒に麦酒を飲んで騒いだりしていた時分だから、長野一人を教えてやる時間を繰合わせる位の事は何でもなかった。のみならず、私は自分の教師としての経験から、語学の初歩をゆっくりやっていては、いつ迄たっても埒は明かない。当分のうちは毎日来る事、決して差支《さしつかえ》を拵《こしら》えて休んではいけない、時間ははっきりした約束は出来ないから、早くから来て、待っていて貰いたいと申し渡した。私の休みの日には朝からやるつもりで、あらかじめそう云って置くと、長野はその通りの時間にやって来て、もうさっきから待っていると家の者から聞いても、私は中中起きる気になれないので、愚図愚図しているうちに、又うつらうつら寝入ってしまう。お午《ひる》になると、長野は家の子供達と一緒に御飯をよばれて、待っているのである。

前の日にやった事は、必ず全部暗記して来なさい、解っても解らなくても、それが何のつながりになるかと云う様な事は、後日の詮議に譲るとして、ただ棒を嚥み込む様に覚えて来ればいい。解らないと思った事でも、覚えて見れば、解って来る。覚えない前に解ろうとする料簡は生意気であると私は宣告した。

長野は、そういう私の難題を甘受して、私が課しただけの復習と予習と宿題をやって来た。雨が土砂降りに降っている日の午後、今日も来るか知らと思っていると、長野は束髪の鬢《びん》に雨滴を載せて、私の書斎に這入《はい》って来た。夕方になって、益《ます》雨がひどくなり、風も少し加わって、荒れ模様になった中を帰って行った後から、いつまでも、もう電車に乗ったか知ら、もう家に帰ったか知らと思う事があった。

勉強家で、素質もよく、私の方で意外に思う位進歩が速かった。間もなく、ハウプトマンやシュニツレルの短篇を、字引を引いて読んで来るようになった。切りまで講読を終った後、長野は自分の身の上話をした事がある。以前に一度不幸な結婚をしたと云う話は、うすうす聞いていた。そういう話を長野は、さらさらとした調子で話して聞かせた。その話の中に、臺湾《たいわん》の岸を船が離れて、煙がなびくところがあった。長野が船に乗っていたのだか、出て行く船を岸から見送ったのだか、私は覚えていない。

子供の時の話の様でもあり、結婚に絡まった一くさりの様にも思われるし、何だかその時聞いた話は、全体がぼんやりした儘、切れ切れになって、私の記憶の中に散らかってしまった。

初めて生んだ子供が死んだ話も、私は忘れていた。ついこないだ長野の手紙が、どう云うわけだか一通だけ出て来た。その中に「御病人のことを伺ったせいか、昨夜は死んだ子供の夢を見て、苦しい思いをしました。子供の死ぬ時の光景をくり返したのです。目が覚めてからも、まだ泣いていました。私がほんとうに母らしい気のしたのは、子供が病気になって死ぬまでの二三日です。一睡もしないで、ただじっと小さな手から通じる脈の音をきいていたあの時ほど、真剣になったことはありませんでした。私は此の世を去り際の子供の顔を忘れる事が出来ません。いえそれより他は思い出せないのです。今日は夢の後味にたたられて、一日感傷的な気分を離れることが出来ません。学校でも大塚先生のヴェルレエヌの話で、あやうく涙を落とすところでした」とあるのを読んで、そう云えば、小さな骨壺を持ち歩く話を聞かされた事があったと思った。

一度、長野の家に私を招待したいと云うので、私は日をきめて、御馳走によばれる事にした。当日の夕方、細雨の中を長野が迎えに来てくれた。一緒に出て、護国寺の前の広い道を歩いて行くと、急に雨がひどくなった。その時分、電車道はまだ護国寺の前まで来ていなかったから、坂を登って、大塚仲町に出て、本所行の電車に乗った。長野の家は本所の石原町にあって、お父さんは開業医であった。

私はその日は朝から胃が痛かった。夕方までには癒るだろうと思っていたけれど、少しもらくにならないので、御馳走によばれて行くのは気が進まなかった。電車の中で、長野と話しをするのも退儀になって、曇った窓硝子の外をぼんやり眺めている内に、富坂の砲兵工廠の塀が暮れかけているのを見たら、急にねむくなって、厩橋《うまやばし》近くで長野に起こされるまで、私は車中で昏昏と眠りつづけた。

御馳走は鳥鍋で、私が前に骨がかじり度いと云った事があるものだから、別の大皿に雞肋《けいろく》が盛り上げてあった。長野のお父さんやお母さんが、私に挨拶をして、色色ともてなした。平生めったに出した事のないという蒔絵の盃に酒をついで私に薦めたり、長野とお母さんが代る番子にお銚子を持って、二階を上がったり下りたりした。

鍋の中を突っつき、骨をかじった。骨を嚙む音が、その儘胃壁に響いて、痛みを伝える様な気がした。笹身の小さな切れが咽喉から下りて行くと、その落ちつく所で、それだけの新らしい痛みの塊りが、急に動き出す様に思われた。

盃を押さえ、箸を止めて暫らくぼんやりしていた。壁際に長野の机があって、その上に、今私がこの稿を草する机の上に置いている鳥の形をした一輪挿があった様な気もするし、そんな事は後から無意識のうちにつけ加えた根もない思い出の様な気もする。

来る途中、電車の中で居睡りをした話を聞いて、お医者様のお父さんが、それは余っ程胃が悪いのだと云った。無理に飲んだお酒の酔いと、胃の鈍痛の為に、私は額《ひたい》に汗をかいた。お父さんの云いつけで、長野が下の薬局に降りて調合した胃の薬を、白い紙に包んで持って来た。

まだ止まない糠雨《ぬかあめ》の中を、俥《くるま》で送られて、石原町の狭い通を出た。見なれない町の様子を、幌の窓から覗いても、方角もたたなかった。ぬかるみを踏む車夫の足音ばかりが耳にたって、変に淋しい所を通ると思ったら、後から考えるとそれは被服廠跡の塀の陰を伝っていたのである。

二三年後に、長野は養子を迎えて結婚した。長野は一人娘なのである。その後たまにしか来なくなったので、どうしているだろうと思っていると、赤ちゃんがもうじき生まれると云う話を聞いた。

間もなく九月一日の大地震と、それに続いた大火が起こり、長野の消息は解らなくなった。余燼のまだ消えない幾日目かに、私は橋桁《はしげた》の上に板を渡したあぶなかしい既橋を渡って、本所石原町の焼跡を探した。川沿いの道一面に、真黒焦げの亜鉛板が散らばり、その間に、焼死した人人の亡骸《なきがら》がころころと転がっていた。道の左寄りに一つ、頭を西に向けて、ころりと寝ている真黒な屍体があった。子供よりは大きく、大人にしては小柄であった。目をおおって通り過ぎた後で、何だか長野ではないかと思われ出した。歯並みだけが白く美しく残っていたのが、いつまでも目の底から消えなかった。長野は稍《やや》小柄の、色の白い、目の澄んだ美人であったから、そんな事を思ったのかも知れない。

焼野原の中に、見当をつけて、長野の家の焼跡に起《た》った。暑い日が真上から、かんかん照りつけて、汗が両頰をたらたらと流れた。目がくらむ様な気がして、辺りがぼやけて来た時、焼けた灰の上に、瑕《きず》もつかずに突っ起っている一輪挿を見つけて、家に持ち帰って以来、もう十一年過ぎたのである。その時は花瓶の底の上薬の塗ってないところは真黒焦げで、胴を握ると、手の平が熱い程、天日に焼かれたのか、火事の灰に蒸されたのか知らないが、あつくて、小石川雑司ヶ谷の家に帰っても、まだ温かかった。私は、薄暗くなりかけた自分の机の上にその花瓶をおき、温かい胴を撫でて、涙が止まらなかった。

江東の惨状を人の噂に聞き、又自分で焼跡と、死屍のなお累累としている被服廠跡を見て、長野の死んだ事を信じた。しかし又、千人に一人の例に這入って、事によると生きてはいないだろうかとも疑って見た。

後になって、長野は、まだ火に襲われる前、既に地震の為に重傷を負った母親を援《たす》けて、その血を身重の自分の背にしたたらしながら、一家揃って被服廠跡に這入ったところまでは知っていると云う人の話を又聞きした。日がたつに従い、愛惜の心を紛らす事が出来なかった。

富坂の中途に、石原町から避難して来た人が寄寓していると云う話を何処かで聞いて、私はその家を訪ねて見た。しかし、長野の消息は解らなかった。

何日目かに、私はまた石原町の焼跡に出掛けて行った。その当時、いなくなった近親を探す人は、竹竿の尖《さき》に大きな字で名前を書いた幟をぶら下げて、歩き廻った。私も長野初と書いて肩にかついだ。その時は、もう道も大分片づいていた。それから、長野の家の土台の上に起って、一服煙草を吹かして帰って来た。

余震も次第に遠ざかり、雑司ヶ谷の公孫樹《いちょう》の葉が落ちつくした頃、過ぎ去った何年の間に、私の許で長野と知り合った学生達と、同じく長野を知っている盲人の宮城道雄氏も加わって、一夕の追悼会を営む事にした。町会に話して、盲学校の傍の、腰掛稲荷の前にある夜警小屋を借りて、会場に充てた。だれかが音羽の通の葬儀屋から買って来た白木の位牌に、私が墨を磨《す》って、「南無長野初の霊」と書いた。小屋の正面に小さな机を据えて、その上に位牌をまつり、霊前には、水菓子や饅頭の外に、後で闇汁の鍋にぶち込む当夜の御馳走全部を供え、長春香を炷《た》いて、冥福を祈った。

何処かで借りて来た差し渡し二尺位もある大鍋の下に、炭火がかんかん起こっている。牛肉のこま切れをだしにして、その中に手でぽきぽき折った葱、まるごとの甘薯、長い儘の干瓢《かんぴょう》、焼麩の棒、饂飩《うどん》の玉等をごちゃごちゃに入れた。灰汁《あく》を抜かない牛蒡《ごぼう》が煮えて来るに従って、鍋の中が真黒けになって、何が何だか解らなくなった。そのまわりにみんな輪座して、麦酒や酒を飲みながら、鍋の中を掻き廻して、箸にかかる物を何でも食った。

「闇汁だって、月夜汁だって、宮城先生にはおんなじ事だぜ」とだれかが云った。

「このおさつは、まだ中の方が煮えていませんね」と宮城さんが、隣座の者の取ってくれた薩摩芋をかじりながら云った。

「宮城先生には、この席のどこかに、長野さんが坐っているとしても、いいでしょう」

「そりゃ構いませんが、声を出されては困ります」

その内に、もう酔払って来た一人が、中腰になって、私に云った。

「先生、駄目だ。みんなでうまそうに食ってばかりいて、肝心のお初さんは、うしろの方に一人ぼっちじゃありませんか」

そうだ、そうだと云って、みんなが座をつめて、一人分の席を明けた所へ、酔払ったのが、がたがたとお位牌を机ごと持って来た。

「お供えの饅頭も柿も煮てしまえ」とだれかが云って、霊前のお供えをみんな鍋の中にうつし込んだ。

「お初さん一人だけお行儀がよくて、気の毒だ。食わしてやろう」

お位牌の表を湯気のたつ蒟蒻《こんにゃく》で撫でている者がある。

「お位牌を煮て食おうか」と私が云った。

「それがいい」と云ったかと思うと、膝頭にあてて、ばりばりと二つに折る音がした。

「こうした方が、汁がよく沁みて柔らかくなる」

「何事が始まりました」と宮城さんが聞いた。

「今お位牌を鍋に入れたところです」

「やれやれ」と云って、それから後は、あんまり食わなくなった。

何だか座がざわめいて、そこいらの者が起《た》ったり坐ったりした。急に頭がふらふらしたと思ったら、そうではなくて、ひどい地震である。宮城さんが中腰になりかけた時、小屋のうしろで、人の笑う声がした。学生が二人夜警小屋を持ち上げる様にして、ゆすぶったのである。

それから今年で十二年目である。九月一日に東京にいなかった一年をのぞいて、私は毎年その日になると、被服廠跡の震災記念堂から、裏門を出て石原町の長野の家のあった辺りを一廻りして帰って来る。石原町も二三年前から町幅が広くなって、昔の様子とは違って来たけれど、もと長野の家のあった筋向いに、寺島さんと云う大きな煎餅屋があって、今日は私の方に差支があるから、教わりに来るのを止めてくれと云う様な連絡には、その煎餅屋さんの電話を借りたのである。寺島さんも一家全滅して、その家のあった後に、今は、石原町界隈の焼死者をまつる小さなお寺が建っている。だから長野の霊も、そのお寺の中に祀られているのである。月日のたった今、うっかり考えていると、寺島さんの家の跡取りの人が、一人だけ向島に出かけていると、地震が来たので、わざわざ火燄の中に戻って来て、床の間のある座敷で焼け死んだと云う話を、私は長野から聞いた様な気がする。それで一家全滅したので、家の焼跡にお寺を建てて、殆ど死んでしまった町内の人達の供養をする事になりましたと長野が話した様にまざまざと思う事があるけれども、勿論《もちろん》そんな筈はない。私は年年その小さなお寺の前に起って、どうかするとそんな風に間違って来る記憶の迷いを払いのけ、自分の勘違いを思い直して、薄暗い奥にともっている蠟燭の焔を眺めている間に、慌ててその前を立ち去るのである。

昭和一〇年／『内田百閒集成　6』

こんなにも深い情を持って教え子を悼む教師がいるとは……。鳥の形をした一輪挿をそっと覗き込めば、その小さな暗がりから、独逸語を暗唱する長野さんの声が聞こえてくるのだろうか。あるいは、蒟蒻に撫でられ、二つに折られ、汁がよく沁みて柔らかくなったお位牌からは、長野さんと赤ちゃんたちの涙が、ふつふつとわき上がってくるのかもしれない。長野さんの声は、先生の鼓膜をいつでも震わせることができる。

梅雨韻

座敷に坐って、何か考えていると、膝の下の床下で、猫が動いた様に思われた。それから暫らくすると、変な、かすれた声で、けえ、けえと鳴いた様な気がした。ふらふらと起《た》ち上がり、庭に下りて、縁の下を覗いて見たら、矢《や》っ張《ぱ》り猫で、子供が三匹いるらしい。私の姿を見て、きっとなり、身構えしている気配である。薄暗いところで、まん丸い眼を紫色に光らし、咽喉の奥かどこかで、ふわあと云うのが、小さな声の癖に何となく物物しかった。

親猫がいないので、腹がへったのかも知れないと思ったから、魚の骨を持って来てやったところが、子猫は私の影を見ると、また急に眼を光らし出した。三匹とも脊を低くして、顔を上げ、それから背中を高くして、へんな声をしている内に、いきなり前脚をあげて、立ち向かう様な風をした。

魚の骨を投げ出して、座敷に帰り、もとの所に坐って見ると、動悸がはげしく打っている。段段胸の中がわくわくして来て、ほうって置かれない様に思われ出した。もう一度庭に下りて、縁の下に這《は》い込《こ》み、三匹ともつまみ出して、坂の下の空地に捨てて来た。

雨ばかり降りつづいて、朝だか晩だかわからなかった。知らない人が訪ねて来て、世間話をいつまでもした。

「時に」とその客が云った。「おからだの方は、如何ですか」

「相変らずです。まあ半病人で、鬱鬱と暮らして居ります」

「段段お顔が大きくおなりの様ですね」

「重ぼったくて困ります。病気の所為《せい》ばかりでもありますまい」

客の眼が、きらりと光った様だった。

間もなくその客がいなくなって、雲がかぶさったなりに、雨も降り止んだ。家のまわりが白けた様に、よどんでいる。いつかの猫が大きくなって帰って来た。二匹しかいなかった。庭に廻って、縁の下に這い込みそうだったから、私は縁側から飛び下りて、その横腹を蹴飛ばした。二匹とも、ぎゅうと云って、くたばりそうにしながら、まだそこいらを這い廻っているから、頸を摘まんで、両手に一匹ずつぶら下げて、空地に捨てて来た。大きさは親猫ぐらいだったけれど、非常に軽くて、手ごたえがない様であった。

又雨が降っている。夜通し天井裏に雨漏りがしていた。

どこかで芭蕉布の暖簾が、雨風にあおられて、ばたばたと振れている様だった。その間から、恐ろしく色の白い顔が、覗いたり隠れたりした。何の顔だか解らなかった。

頼みもしないのに、大工がやって来て、庭の板塀を直している。金鎚でかんかん敲《たた》くので、八釜《やかま》しくて堪《たま》らない。その響きで、庭樹の枝から、芋虫がみんな振い落とされて、勝手な方に這い出した。大きいのは空気枕ぐらいもあり、目があって、こちらを見ながら、少しずつ動いている。私は身体が硬張って、呼吸が苦しくなって来た。

風が吹き止んで、辺りが、しんしんと静まり返った。矢張り雲をかぶった儘《まま》に雨が上がって、軒の下が妙なふうに白けている。庇《ひさし》の裏に地面の影が映って、浪が動くように揺れている。目先がくらくらするように思われ出した。

急に恐ろしい気配がするので、私は慌てて起ち上がり、表の戸を開けて、外に出ようとしたら、出会いがしらに、大きな白い物が、目の前に起ちふさがった。牛ぐらいもある大きな猫が、私の身体を押しのけて、家の中に這い込み、私が倒れた拍子に、胸の上を蹈みつけて、縁の下の方に行こうとしている。

発表年不詳／『内田百閒集成　9』

猫が主役なのだろうけれど、やはり、空気枕ぐらいの芋虫から目が離せない。しかも金鎚の音で振い落とされるのだ。旅先の旅館で、なかなか寝つけず、寝返りを打った拍子に頭の下にあるのが枕ではなく、芋虫になっていると気づいてしまったら、どうしよう。白々しい胴体の、皺の間に自分の髪の毛が絡まっている。後頭部に蠢きを感じる。目と目が合う。想像しただけで悲鳴を上げそうになる。

琥珀

琥珀《こはく》は松樹の脂《やに》が地中に埋もれて、何萬年かの後に石になったものである、と云う事を学校で教わって、私は家に帰って来た。家はその当時、造り酒屋だったので、酒を樽に詰めて、遠方に積み出す時、樽の隙目から酒が漏らない様に、呑口や鏡のまわりを流して固める松脂《まつやに》のかたまりが、いつでも倉の隅にころがっていた。琥珀の事を教わって帰った日に、丁度瀬戸内海の小豆島に幾樽かの荷が出ると云うので、倉の入口に木の香のする新らしい樽が、いくつも転がって居り、倉男や店の者が、忙しそうに動き廻って居た。私は誰にも気づかれない様に、倉と倉の間の冷たい空地にしゃがんで、じめじめした黒い土を掘り始めた。四五寸位の深さまでは掘り下げたけれど、そこから下には、瓦のかけらや石ころなどが、層の様につまっていて、どうしても穴が深くならないのである。私は深さをそれで諦めて、それからみんなの働いている倉の前に出て見たところが、松脂が煙っぽい臭いをたてて煮えている。私は台所の茶椀を持ち出して、松脂を沸かしている倉男に、それを少し垂らして貰い、それから急いでもとの場所にかえって、どろどろした松脂を、穴の中に流し込んだ。そうして、その上から土をかけ、もとの様にならして置いて、私は自分の部屋に帰って来た。

非常な秘密な仕事を成し遂げた後の様な気疲れを感じて、私は何となく落ちつかない。起《た》ったり坐ったり、部屋を出たり這入《はい》ったりしている内に、夕方になった。もうこの上は、松脂が琥珀になるのを待てばいいのである。しかしこうして、何萬年も便《べん》便《べん》と待っているわけには行かない。夜、暗くなってから、そっと倉の間に行って見たら、曇った空の下に、倉の屋根瓦が薄光りを放っているばかりで、足許《あしもと》は何も見えない。真暗がりの地面をさぐりさぐり歩いているうちに、片方の足が、柔らかい土塊をぐさりと踏んだ。その途端に、私は息が止まる程、はっとして、急いで明かるい台所に帰って来た。何となく足が、がくがくするらしかった。その穴の事は、だれにも一言も話さず、まるで息を殺すような、しんとした気持で、その夜は眠ったのである。

翌日、学校から帰ってから、二三度、人に見られない様に、その穴のある空地を見廻った。気がかりで、不安で、待遠しくて、予習も勉強も何も出来ないのである。夕方になって、到底待ち切れないと云う覚悟がついたので、いよいよ発掘する事にきめて、穴の中に手を突込んで見たら、松脂の表面にすっかり砂がこびり著《つ》いた儘《まま》、かちかちになっている固《かたま》りが出て来た。私はその鉱石のような感じのする固りを自分の部屋に持ち帰り、洋燈《ランプ》の下で、砂をこすり落とした。うまく行かないので、小刀で削ったら、その拍子に角が欠けて、かけらが机の上に散らばった。かけらが洋燈の光を浴びて、きらきらと輝くのを暫らく眺めたけれども、それ程美しいとも思えない。第一、松脂の臭いがぷんぷんして、くさくて、いけないから、かけらも固りもちり紙につつんで、屑籠の中に捨ててしまった。

昭和八年／『内田百閒集成　12』

少年はいい。少年である、というただ一点において、全肯定される。疑いを知らず、ひた向きで、ちょっと間が抜けている。松脂が琥珀になるために何萬年もかかる、と教わった彼が、果たしてどれほど待てるか、予測を立てる。満二年、一年、四十九日、いや、七日。そうしたら、たった一日だった。それでもちゃんと発掘、という言葉を用いているのが健気だ。臭さにやられてしまうところなど、つい抱きしめたくなる。二人一緒に臭くなりたくなる。

爆撃調査団

上

九年前の昭和二十年の秋、五月の空襲で焼け出された時這《は》い込んだ二畳の掘立小屋にしゃがんでいる所へ、四谷署の巡査が来た。

四谷署の者だと云った様に記憶しているが、私のあたりは麴町署の管轄であって、四谷警察の巡査が来たと云うのはどうもおかしいと思うけれど、今更《あらた》めて当時の記憶を検《けん》して見るに、矢《や》っ張《ぱ》りそう云ったに違いない。中年の巡査で、敗戦後警官の服装が変ったばかりの時であったから、丸でだんぶくろをかぶった様な恰好《かっこう》で、脱走囚人かと見違えそうであった。

巡査が云うには、亜米利加《アメリカ》の司令部からの話で、何かお聞きしたい事があるから、その打合せにこちらへ伺うと云って居ります。なぜこちらを名ざしたのか、それは先方の云って来た事をお取り次ぎするだけなので、我我には解りません。

その翌《あ》くる日、秋雨がざあざあ降っている中を、合羽をかぶった五六人の濡れた一団が、ずかずかと小屋の上がり口へ近づいて来た。小屋の上がり口の前は母屋の便所で、その汲取り口と屏際《へいぎわ》の大きな椎の木との狭い間を彼等はひしめいている。彼等の中に昨日の四谷署の巡査がいた。その他はみんな紅毛人である。

小屋の上がり口は三尺に足りない。それ以上開けひろげる事は出来ない。小屋の中からそこへ顔を出した私の鼻の先に、少しく鼻の赤い年配の亜米利加軍人が、合羽の頭巾からぽたぽた雫《しずく》を垂らしながら顔を近づけた。他の連中は顔を出すわけに行かないので、汲取り口の前の雨中に突っ起《た》っている。

何を云い出すのかと思ったら、少し調子が変だが先《ま》ず先《ま》ず流暢《りゅうちょう》な日本語でこんな事を云った。あなたにお尋ねしたい事があるから、明日日比谷の明治生命の司令部まで来て下さい。何も御心配はありません。その時刻に自動車でお迎えに来ます。大きな自動車をよこします。よろしいですね。

よろしいです、と答えた。億劫《おっくう》でない事もないが、その時分の事だから、亜米利加がそう云って来たなら止むを得ないと観念した。それで用談は済み、鼻の赤いのが顔を引っ込めると、後に起っている濡れたのが、みんな一足二足前に出て、一人ずつ別別に小屋の中を覗いて行った。小屋の中には布団と焜炉《こんろ》とお皿と鍋と米利堅《メリケン》粉の袋があるだけである。

彼等が帰って行った後で、雨の音の中で考えた。別に心配する様な心当りはないから、心配する事はないだろう。鼻の赤いのも、御心配はないと云った。自動車を迎えによこすと云うのはごうぎな話で、その時分普通の者は自動車なぞに乗れなかった。大きな自動車をよこすと云ったが、向うのえらいのが乗る車かも知れない。なぜ私を名ざして来たのか解らないけれど、多分私がえらいからだろう。えらくはないが、向うでえらいと考えたのだろう。出掛けて行けばきっと茶菓を出す。お茶は紅茶か。長い間うまい紅茶を飲まない。お菓子も暫らく振りに本式の西洋菓子にありつける。遠慮なく食べて来よう。事によると後で日当をくれるかも知れない。何しろ人の手間をかかせるのだから、その位の事はするだろう。

翌くる日は雨が上がって、秋風が小屋のまわりを吹き抜けた。お午頃《ひる》四谷署の例の巡査が来て、表の往来に自動車が待っていると云った。支度をしていたので、すぐに出掛けて見ると、道の角に幌《ほろ》を蒲鉾《かまぼこ》形に張った大きなトラックが停まっている。そのまわりに昨日来た連中が起っていた。大きな自動車と云ったのはトラックの事であった。お迎えによこしたのではなく、連れに来たのである。蹈み段のない後部から乗るのが私には困難であった。起っていた中の一人がうしろに廻って私を押し上げた。幌の中からも一人手をそえてくれて、私の図体を中へ引き上げた。

私の外にも丸で知らない男が二三人乗っている。浅い板の腰掛けなので、走り出したら動揺で辷《すべ》り落ちそうになった。半蔵門の曲り角では車外へほうり出されそうになった。

トラックが走り出す前、焼け跡に起って眺めていた近所の人人は、内田さんのおじさんが亜米利加に連れて行かれたと云って、後で心配してくれたそうである。

下

日比谷の明治生命の前で降ろされた。玄関に武装したあちらの兵隊がいる。どうも面白くない。以前に七階の講堂の音楽会を何度も聴きに来たが、今日は丸で勝手が違う。一階の広間に幾つもテーブルが据えてあって、真中辺りの一つに私を連れて行った。どう云いつくろっても私を案内したとは云われない空気であった。こっちへ這入《はい》る時、エレヴェーターの昇降口の前を通ったが、そこの混凝土《コンクリート》の床の上に何本かずつ束にした日本刀が、人の目の高さよりまだ高い山に積んでほうり出してあった。私は刀には何の興味もない。しかし何だか情ない光景であった。

テーブルに向かって待っていると、間もなく廊下の方の入り口から、向うの軍服を著《き》て日本人の顔をした男が五六人這入って来た。入り口で散らばって、方方離れ離れにテーブルで待っている相手の所へ行った。

その中の一人が私の前に来て著座《ちゃくざ》した。二世と云うのだろう。まだ若い。物腰が横《おう》柄《へい》だと云うのではないが、感じはよくない。

陰鬱な目つきで一揖《いちゆう》してから云った。御苦労様です。お尋ねする事には、必ず正直に答えて下さい。よろしいですね。

そうして大版の紙をひろげ、色色の項目に分けて書き入れる様になっているらしいのを前に置いた。

「爆撃に会ったのですか」

「そう」

「なぜ疎開しなかったのです」

「逃げ出すのはいやだったから」

一寸人《ちょっと》の顔を見返して、取ってつけた様に「天皇陛下の為ですか」と云った。そうして何か書き込んだ。

いろんな事を尋ねたが、向うの云う事は解るけれど、私の答える事はよく通じないらしい。仕舞には少しじれったくなった。どうでもいいとは思うけれど、云い掛けた事が有耶無耶《うやむや》になるのは面白くない。私に英語の会話なぞは出来ない。しかし昔学校で教わった儘《まま》頭に残っている単語や短かい句を、その場に当て嵌《は》めて思い出す。先方の理解を助けるつもりで、そう云うのを手当り次第に日本語に混ぜて話した。それでますます話がわからなくなってしまった。私の発音がいけなかったかも知れないし、そうでなくても私が習ったのはアメリカンイングリッシュではない。しかし先方に通じにくかったわけは、後で考えて見ると、私の云った切れ切れの英語が、丸で実用にならない六《む》ずかしい事ばかりだったので、そんな術語や成句に彼が馴れていなかったと云うのが原因の様である。

爆弾と焼夷弾とでは、どちらがこわいかと彼が尋ねる。

それは爆弾の方がこわい。しかし、こわいと思うのは、つきつめて考えれば生命の危険を感じるからで、その方から云うと焼夷弾の為に死ぬ数の方が遥かに多いから、焼夷弾がこわい。直撃弾に当たれば勿論《もちろん》、そうでなくても火事の火で焼け死んだり、火に追われて川へ落ちて溺れ死んだり。爆弾はその落下した周辺のその時だけの事だが、焼夷弾では広い範囲にわたり、空襲の終った後でもまだ死ぬ人が沢山ある。だから、こわいと云う事を生命の危険に食っつけて考えれば、焼夷弾の方がこわい。しかし、人が沢山死ぬ様では自分もあぶないと思う恐怖は間接であって、直接の感じでは、人がいくら死んでも自分さえ死ななければ、こわくない。爆弾が空中に落下音を響かせて頭の上に近づいて来ると、それは自分の上に落ちるものと感じる。そのこわさったらない。しかしながら生命の危険につながる恐怖は、自分だけの経験からのみ生ずるとは限らない。僕は雷様がこわい。遠雷でもこわい。遠雷は近づいて来るかも知れないからこわい。爆弾や焼夷弾の恐怖は我我が初めて感じる新らしい恐怖で、寧《むし》ろ単純である。雷がこわいと云う気持の底には、遠い大昔からの先祖以来の遺伝があるから、避雷針ぐらいでその恐怖を消す事は出来ない。生命は大丈夫だと云っても、矢張り漠然とした生命の危険を感じる。空が真暗になって稲妻が走り、耳を裂く様な雷が鳴り出す時の恐怖と、爆弾や焼夷弾の恐怖とくらべて、どっちがこわいかと云えば雷様の方がこわい、と話した。

雷様と爆撃とどっちがこわいかと彼が聞いてはいないのに、英語の単語交じりでそう云う話になってしまった。彼はよく呑み込めない顔で、私に煙草をすすめる。そうして器用な手つきで燐寸《マッチ》を擦ってくれた。それから小便に行かなくていいかと尋ねる。お年寄りだから、と云った。今から九年前だからまだお年寄りではなかった筈だが、食べ物がないので、痩せてしなびていたからそう見えたのだろう。

紅茶や西洋菓子が出る風ではなかった。不得要領な話ですっかり草臥《くたび》れて、秋風の往来へ出た。彼が玄関まで送って来たが、それは礼をつくしたのでなく、館内にいる間、目を離さないと云う任務を負っているのだと思われた。

昭和二九年／『内田百閒集成 12』

一見物々しいゆえに、大げさが過ぎて剽軽な気配さえするタイトルに導かれ、足を踏み込むと、中は予想外に奥が深い。アメリカ軍司令部の一団は汲取り口の前でひしめき合い、大きな自動車はトラックに変身し、本式の紅茶と西洋菓子は幻と消える。古風な英語交じりで雷の恐ろしさを喋り続ける姿に、くすくす笑っているうち、いやこれは、アメリカに対する彼なりの抵抗かもしれない、という気がしてくる。すっぽりとして居心地のいい、落とし穴に落ちたような気分になる。

桃太郎

むかし、むかし、
そのまた昔の大昔、ある所に、お爺さんとお婆さんとがありました。
お爺さんは山へ柴《しば》刈りに、お婆さんは川へ洗濯に行《ゆ》きました。

するとお婆さんが洗濯している川の上手の方から、大きな大きな、おいしそうな桃が一つ流れて来ました。

お婆さんはさっそくその桃を拾って、おうちに持って帰って、山から帰ったお爺さんと二人で一緒にたべようとしますと、桃がひとりでにわれて、中から桃太郎が生れました。

お爺さんとお婆さんは、びっくりしたはずみに、桃太郎が生れた後の桃の実をたべる事など、すっかり忘れてしまいました。

そうしてお爺さんとお婆さんが、あんまりうれしくて、二人で大きな声を出したもの

ですから、裏の森の中でひるねをしていた猪《いのしし》が目をさましました。

猪は、大きな欠伸《あくび》をしながら、起《た》ち上がりました。いつも静かなお婆さんとお爺さんのおうちが、大へん騒がしいので、不思議に思って、裏口からそっと覗《のぞ》いて見ますと、おうちの中には、可愛らしい赤ん坊が、元気な顔をして、手足をぴんぴんはねておりました。お爺さんとお婆さ

んは二人で交りばんこに赤ん坊をだっこしては、よろ

こんでばかりおります。その傍《そば》に、それはそれはおいしそうな桃の実が、真中から二つに割れたまま、ころがっているのを、二人ともすっかり忘れている様子でありました。
　猪はその桃を見て、長い鼻をひくひく動かしながら、お爺さんとお婆さんが赤ん坊に気を取られている隙《すき》に、先《ま》ずその半分の方を大急ぎで食べてしまいました。後の半分は口にくわえたまま、どんどん森の中に逃げて帰りました。

お爺さんもお婆さんもそんな事にはまるで気がつきませんでした。後になってからも、もうそれっきり、桃太郎の生れた桃の実の事など、思い出した事はありませんでした。

さて、森の中の猪は、くわえて帰った半分の桃の実を、森の樹《き》の根もとにおいて暫《しば》らく眺めておりました。

あんまり大きな桃なので、さっきたべた半分だけで、おなかが一ぱいになって、後の半分は今すぐにたべたくありませんでした。そのうちに猪はまた眠くなって、長い鼻の奥でぐうぐうと、きたない音をさせながら鼾《いびき》をかいて寝入ってしまいました。

暫らくして、猪が目をさまして見ますと、さっき枕もとにおいて寝た桃の実に、小さな蟻《あり》が一ぱいたかっておりました。

猪は、その桃の実の残りを、蟻ごと食べてしまいました。めでたし。めでたし。

九つのお伽噺がおさめられた童話集『王様の背中』からの一篇。百閒の故郷、岡山と言えば、やはり桃太郎であろう。もちろん百閒の桃太郎なのだから、雉や猿や犬は出てこない。キビ団子はお預け。鬼退治に出発することもない。主役は桃。お爺さんとお婆さんに生きる喜びを与え、猪と蟻の糧となる。同じ絵本ばかり子どもに読まされ、飽き飽きした時は、これくらいの勢いを持って即興のお話をこしらえたいものだ。

昭和四年／『内田百閒集成 14』

雀の塒

ある日の晩に、蝙蝠《こうもり》が不思議な羽搏《はばた》きをして、飛び廻った。あらしの滓《かす》のような雲のきたなく流れた空の下から、変な風が、ふいふいと吹き降りて来た。

私は二階の縁《えん》の勾欄《こうらん》に、両手の肱をかけた上に、頤《あご》を乗せて、蝙蝠を見ながら、考え込んで居た。布団も敷かずに坐って居るので、足の甲の骨ぶしの、縁の板にあたってぐりぐりと廻るのが痛かったし、それに暫らくすると、じきに、肌のぬくもりが板に伝わって、そこら辺りの生温くなるのも気持がわるい故、時時膝を動かしては、冷たい板に足の甲をあてて居た。瓦の黒くなった酒倉が、沈んだものの様に五つの棟を並べて居る。裏の塀を越えて見える向うの田圃の中に、羅漢へ通う土手の径が、何だか長いものが死んで居る様に、しまりもなく薄白く伸びて、いつまで見て居ても、その上を通って来る人影もない。

倉の中には最早《もはや》一石の酒もなくて、ただ三代昔からの酒の気に浸った青黒い土が、いつまでも、じめじめして居るばかりであった。店の廻りも、倉男も、一人も居なくなったただだっぴろい家の中は、ただ取り止めもなく薄明かるくて、そうしてすぐに日が暮れた。家の外を風の吹き過ぎる夜など、場末の町を流して行く夜鳴き饂飩《うどん》の声に耳が澄んで、丹前の襟におさえつけた瞼の裏に、浮いては消える紫色の泡の様な幻を追いながら、何を考えてもいないのに、そのまま夜を更かして、鶏の声を聞くこともよくあった。ある夜、坊主枕の実に入れてある小豆の粒のすりすりと擦れ合うさ音を気にしながら、有明行燈《ありあけあんどん》の光が、薄い飴湯の様な色に漾《ただよ》って居る部屋の中を、まじまじと見廻して居る内に、消したままにしてあった釣洋燈《ランプ》の石傘の裏に、三味線草の実の様にうようよと集まって咲いて居る優曇華《うどんげ》の花を見つけて、私は急に恐ろしくなり、優曇華の花が、屋根の棟ぐらいもある鳥の翼のように思われ出した。一緒に寝ている祖母を起こして、その事を告げると、いきなり寝床から起き出して、また何かある知らせじゃろう、ほん、どうした事じゃと云いながら、おろおろして居る様子に、自分の方がうろたえて、ふとしたはずみから、私は何のつながりもなく、不意に大きな声をあげて泣き出したことを覚えて居る。

勾欄の木が、何十年の間の朝晩に吹いた風に瘦せて、筋に流れた木理《もくめ》ばかりが、年寄りの肌の皺の様にざらざらと浮き出して居る。私は両手で勾欄を抱き込む様にして、その上に頤をのせたり浮かしたりしながら、やはりそこら辺りの何やかやに眼をまかせて居た。二階の縁から真下に見える中庭の泉水には、埃《ほこり》や煤《すす》の子などの溶け込んだ薄黒い水が、日暮れの近い空の色をうつして、大きな蛙の腹の様に、青苔の黒ずんだ庭の中に白け返って居る。長い間、祖母が大事に飼って居た蘭虫が、いつかの梅雨のまじに遭って、段段に死んでしまってから後は、折折の出水の引きしななどに、私が裏の田の中の溝川で掬《すく》って来た小さな真鯉や、にごいや、田鮒などが、きたない水に鱗をよごして、水の陰を游《およ》いで居るばかりである。その中に一尺ばかりの鰻も居る。去年の土用の丑の日に、父が出入りの者に頼んで捕って貰った三匹の中の、一番小さいのを一つ残して、盆の十六日の餓鬼の首《はじめ》に、大川へ放しに行くつもりで池の中へ生かしたなりに、忘れてしまったのである。段段に痩せて細くなって居ながらも、何時の間にか水に馴れて来て、死にもせずに居る。時時腹を返して白い筋を水の裏に引いては消えるのが、勾欄から見て居ると、何だか細長いまぼろしの様に思われた。

その内に日暮れの風が吹き出した。簷《ひさし》の下や倉の壁に、暗い影が伝わり、向うに見える青田の稲の葉も暮れて来た。それなのに空はいつまでも明かるくて、薄く刷いた様に流れて居る雲の裏側に、暮光が浸み渡り、どことなく一体に輝かしい気配さえして来た。倉の棟に生えて居るまばらな屋根草が、鮑貝の様に白光りのする空に食い込んで、墨絵の筆勢のようにはっきりと映って居る。蝙蝠の数が殖えて、いくつも目の前を飛び廻った。

帰り遅れた雀の一群れが、口に唾をためて居るような声で、やかましく囀《さえず》りながら飛んで来て、中庭の樫《かし》の樹の枝にばらばらと止まった。それから、あちらの枝からこちらの枝へ飛び移ったり、片羽根を拡げてその裏を嘴で掻《か》いたり、一本の枝の両端から小刻《こきざみ》に横飛びをして、二羽の雀が一所に寄り添ったりして居るのを、私は一心に見つめて居る内に、何とはなしに不思議な生生しい気持になり、頬の辺りが、不意にほてる程にわくわくして来た。ふと自分のまわりを見廻すと、縁の戸袋の陰に、日覆いの支えにする竹が靠《もた》せかけてあるのを見つけて、すぐに起ってその竹を手に取り、雀のたかって居る樫の樹に投げつけた。四尺か五尺の細い竹切れなんだけれど、樫の樹までは届かないで、ちがった方の縁の庇《ひさし》に飛んで、戸樋《とい》にあたって、けたたましい音をたてて、庭石の上に落ちたので、私はその物音に驚いて始めて自分に気がつくと、動悸がはげしく打って居て、庭に落ちた竹を見下ろす目が、くらくらする様に思われた。私は家の者がその音に驚いて、出て来はしないかと思ったけれど、下は空家の様に静まり返って居るばかりであった。雀は一度に囀ずるのを止めたけれど、逃げもしないで、その中に樹をはなれて飛びかけた一羽か二羽さえも、じきにまた枝に帰って居たのである。それを見ると私は、何故かまたわくわくする様な気持になって来た。

その内に一たん静かになった雀の群の中の一羽が、小さな声で短かく鳴いた。するとまた一斉に外の雀が、やかましく囀り出して、もう大方暗くなって居る中庭の中を、いそがしく飛び廻って居る。暫らくすると、雀の群はばらばらと、その樫の樹の枝を離れて、又隣りにある空地の奥の杉の樹の方へ飛んで行った。その時、後から遅れて飛んだ二羽の雀が、空地の方まで行かないで、私の家の一番はじの倉の屋根の、高い簷瓦《のきがわら》の下にかくれたのを、私は見とどけた。

私は何となくそわそわしながら、縁側から中に這入《はい》って、十畳の座敷の真中に仰向けになり、何を思うと云うことなしに、ふと気がついて見れば、何かとりとめもない事を思って居たりする内に、いつの間にか底の方へ沈み込む様に寝てしまって、大きな禿山の巓辺《てっぺん》を、兎の群が一列になって、風の様に飛んで居る夢を見て居た。眼がさめた時には、座敷の中は真暗になって居て、耳のそばを、早い蚊が、細い声で鳴いて居る。さっきから萌して居た不思議な残酷な心が、寝て居る間に勢を得た。私は闇の中に起き上がるとすぐに、二階を下りて、家の者に見られない様に庭を抜けて、二番倉の方へ行く。だれかに見つかってはならない様なあわただしい気持がして、台所の庭を通る時には、胸がどきどきと波を打った。二番倉には梯子《はしご》がある。私は雀の塒《ねぐら》を襲うつもりなのである。

倉の中には、冷たい闇が渦を捲いて居る。

昔の酒の気の浸み込んだ土の陰気なにおいに浮かれて、宵の魔物共が、じめじめした四隅を這《は》い廻って居るらしい。私はその中を、手さぐりで、奥の方へ進んで行った。呼吸のつまる様な暗闇を吸いながら、二足三足あるくとじきに、太い柱を探りあてた。死んだ人の肌に触れた様な、無気味な手触りから、不意に寒気が襟元を走り、からだ中の毛穴が一時に泡立つかと思われた。柱から離した手の平に、吸いつく様なじとじとする黴が、柱の肌から剝《は》げて、こびりついたらしい。執念に靭《つよ》い蜘蛛の糸が、しきりに顔や頸《くび》にかかった。二階の板の上を、鼠《ねずみ》か鼬《いたち》が馳《か》け廻る音につれて、何か軽いものを引っ張って居るような、かすかな音がざらざらと聞こえて、はっと思う間に、すぐその後から、その音が、空耳であったと思われる程の寂寞に返る。草履の裏にねばり著《つ》く地面から、冷たい気がからだ中の肌を這い廻って、ぞくぞくする。私は自分の手もとさえも見えない闇の中を、一方へ探り寄って、壁際に寝かしてあった梯子にさぐりあたると、それを片脇に抱くようにかかえた。三間梯子は、私の力にやっと保てるくらいな重さである。不自由に身をこなして、自分のからだが、丁度出口を出かけた時に、うしろに残って居る梯子の端が、大きなからの桶《こが》にあたって、釣鐘を打ったような音が暗闇の倉の中に響き渡った。けれども、しとしとと湿っている地面や、四方の壁が、その響きを食ってしまいでもする様に、余韻が急に消えた後は、音のしない前よりも、もっとしんしんと静まり返った。

　梯子を持って外に出て、さっき二階の勾欄から、雀の這入るのを見とどけて置いた簷の瓦の見当をつけ、隣倉の白壁に高い梯子をさし掛けた。登りかけると、急に足もとがふらつき、秘密の罪を犯す時のように心が騒ぎ出した。胸の中は、早瀬の様に波立って居る。曇った空の宵闇にも、焼板張りの腰板の上から簷の下まで大きく広がって居る白壁は、闇を区切って白け返って居る。梯子の黒く長い影が、その白壁に這い上がる化け物のようである。私は騒ぎ立てる胸を抑えるようにして、段段に梯子を上って行った。上まで登りきらない内に、足もとがくがくと慄《ふる》え始めて、簷の瓦に手のとどく時分には、梯子の桟《さん》に足が踏み締めて居られぬ程に慄え出した。

私は梯子の桟に獅嚙みついて、闇の中に眼を游《およ》がせながら、裏の青田の方から迷って来た大きな蛍が、棟の辺りを流れて行くのを見送った。

私は梯子の桟を握って居た片手を離して、瓦の下へ差し伸ばす。暗い夜に人にかくれて高いところに上って居る恐ろしさを抑えつける様に、怪しい歓びが湧き出して、わくわくする様な気持になった。すると、手近かの瓦を一つ二つさぐって居る手頸を掠《かす》めて、いきなり雀が一羽飛び出して、闇の中に消えた。はっと思って引きかける手もとをくぐって、また一羽の雀が、耳を擦る様に、短かくちゅちゅと鳴いて、飛び去った。私は呼吸が止まる程驚いて、飛んだ方の闇を振り返ったけれど、そこには煤の子を詰めた様な闇が圧し重なって居るばかりであった。張りきって居た心がゆるんで、私は憑物《つきもの》が落ちたように、ぼんやりと闇の中に消えた雀のことを考えて居た。

それからじきにもう下りようと思い出して、簷の下へ伸ばした手をまた梯子の桟にかけた時、ふとした気持で、雀の居ない留守の塒をさぐって見ようと思いつき、さっき雀の飛んで出たと思われる瓦の下に手を入れて見た。すると抜け羽や藁などを敷いた雀の柔かな寝床には、ほほろ温《ぬ》くみの甘い様な暖かさが残って居た。私は自分の手先から伝って来るそのぬくもりに、不思議ななつかしさを覚えて来て、瓦の下に手を入れたまま、倉の簷の宵闇の中にぼんやりして、梯子の上に居るのも忘れかけた。

その翌《あく》る日の晩もまた、空が重たく曇って、暮れかかった倉の屋根草が、棟をすべる風になびきながら、近い雨を呼んで居た。

私は二階の縁の勾欄に靠《もた》れて、雀が昨日の晩のように、倉の簷の瓦の下に這入《はい》るのを見とどけて置いて、夜の来るのを待った。低い空の雨雲が暮れて、宵の暗い五月闇が、倉の棟を形もなく溶かしてしまった頃、私はまた二番倉の梯子を持ち出した。倉と倉との間の空地に、粒の大きな雨がぽろぽろと降りかけて、しきりに顔や手をたたいた。私は昨夜の通りに梯子を上って行った。裏の青田の蛙の声が、高いところに上って行く私の耳に、夜のあけぬ国に居る小さな盲坊主がお経を読んで居る様に聞こえた。足を踏みしめて、右の手で梯子の桟をしっかり握り、左の手を伸ばすと、すぐに、昨夜の瓦の下からまた雀が一羽飛び出して、短かく、ちゅとなきながら、雀の目の利かぬ夜の闇の中に消えて行った。その雀が飛んで出たあとの巣の中へ、差し込んだ私の手の先に、何だかひくひくと震えるものが触れたので、私はぎょっとして、手を引きかけた瞬間に、まだもう一羽の雀が残って居るんだと気がつくと、どきんとする程心が躍り上がり、夢中でその雀を手の平に握ってしまった。雀は掌の内に微かに震えて居る。その震えが直接に私の胸に伝わって来る様な気がして、梯子もそこに立てかけたまま、自分の部屋に帰って来た。

口金の間に僅かに覗いた心《しん》の上を、青い焔が離れそうになって、ちらちらと這って居る。私はあいた片手でその心を搔きたてながら、眩しい程に明かるくなった光りに浮かして、雀の顔をつくづくと見入った。雀は黒縁《くろべり》でかがった様な瞼の縁をよせて、小さな白い膜をひく様にして目を閉じて居る。私の母指《おやゆび》と人さし指との間にのぞけて居る首を垂れて、人さし指を枕にして居る様である。雀があまりにおとなしくして居るので、私は不思議に思いながら、握って居る手を少しゆるめると、雀は重そうな瞼を静かに開けて、それなりにまたねむってしまう。病気なのか知らと思って、私が思わず手の平をひろげたら、雀は机の上に辷《すべ》り落ちた。握って居た掌の裏には、美しい紅の血が、小指の尖で捺《お》した程べったりと著《つ》いて居る。雀は机の上に、羽根をゆるめたからだを小さく横たえて、首をだらりと伸ばしたまま、動かなかった。私は驚いて、また雀をそっと手の平に取り上げた。細い胸毛の奥に、かすかに雀の胸は波打って居る。

片羽の下の和毛《にこげ》が、生生しい血に濡れて、今取りあげた机のあとにも、小さな血のかたが美しく残って居る。猫か鼬《いたち》かに引搔かれたらしい傷である。

私は急いで台所から、小さな茶椀に水を汲んで来て、雀を指で抱くようにしながら、嘴を茶椀に漬けてやると、雀はだらりと首を垂れて、目の辺りまでも水に浸《つか》りそうになった時に、また目をあけかける様にして、それなりに閉じてしまい、水は飲もうともしなかった。私は雀の嘴を、二本の指の間に挟む様にして、無理にあけさせ、片手の指尖にためた滴《しずく》を、その口の中に垂らしてやった。嘴の中には色の褪めた薄赤い舌が、上の顎にくっ著《つ》いた様になって居て、水は大方こぼれてしまった。それでも雀は動かずに、私の掌の内にじっとして、寝て居るのである。二度目に滴をたらしてやった時、雀は首をぶるぶるっと振って、細い足で私の手の平を擽《くすぐ》る様に搔いて、微かにぴりぴりともがいた。

　私が自分の寝床の上に起き直って、おいおい泣いて居ると、傍に寝て居た祖母が、驚いて目をさまし、自分も起き直って、どうしたどうしたと、聞いて居る中に、わけも解らず泣き出した。私は手の平に大事に握って居る雀のつめたい死骸を、祖母にかくす様にしながら、なんにも云わずに、ただ泣きつづけた。大降りになった雨が、毀《こわ》れた戸樋から溢れ落ちて、庭石を敲《たた》く音が、次第にはげしくなって来た。

発表年不詳／『内田百閒集成 15』

　口に唾をためた雀は、どのような声で囀るのだろうか。そもそも雀は唾を分泌するのか。少年はくらくらしながら、同時にわくわくするような混乱を抱えて梯子を登る。それは唾ではなく、血かもしれないというのに、そんなことには思いも至らないまま、瓦の下に手を差し入れる。彼の手は、雀と見分けがつかないくらいに小さい。

消えた旋律

私の家の隣りは小学校である。

隣りと云っても学校は大きい。大きな学校の横腹の陰に私の家が在ると云った方が正しいだろう。

屏一重で学校と隣り合わせていると、色色うるさい事が多い。孟軻《もうか》の母の三遷とは逆に、学校の傍からどこかへ引っ越したいと思う。しかし、思うだけで、そんな事が叶う筈もない。雨が降る日はのうのうする。学校が騒がないから、いつ迄でも寝ていられる。降り込められた子供達が廊下の向うで内訌している。可哀想の様でもあるが、背に腹は代えられない。毎日でも降っていればいいと念ずる。

小学校の子供だけでなく、どこかに校舎を建てているのが未だ出来上がらない中学校があって、それが隣りの小学校に居候している。中学校の子供は少し育っているから、一層うるさい。天気がいいと屋上に出て、私や家の者の影を認めると高い所から悪罵を浴びせる。聞くに堪えぬ様な事も云う。癪《しゃく》にさわるけれども、相手は屋上にいるのだから、どうにもならない。何しろ子供を相手にするわけに行かない。当節の先生と云うものは何をしているのだろうと、その方を疑って見るばかりである。

あんまりお天気が続く時は、どこか雨の降る国へ旅行したいと、沁《し》み沁《じ》み思う。しかし、よそへ行けば、隣りは学校ではない。学校がなければ雨なぞ降っていなくてもいい。雨の国へ行きたいと思った事の締め括りがつかなくなってしまう。

今の所に居ついたのは敗戦後の事で、まだ十年に少し足りない。しかし十年前の五月二十五日の夜半、空襲で家を焼かれた迄は、その前また十年近く、今の家の表の往来を隔てた向う側にいたから、この界隈の馴染みは古く、学校にももとから近い。ただ隣りでなかっただけである。

五月二十五日夜半の焼夷弾攻撃で、二十六日の朝までにここいら一帯は焼け野原になってしまった。学校は混凝土《コンクリート》建であるから焼け落ちはしなかったが、どの窓からも火を噴き出し、それが幾日も続いて、まわりはもう焼け跡に小屋を建てている人もあるのに、学校の火事は一週間も消えなかった。生徒の机や腰掛けや、黒板その他中にあった物がみんな燃えてしまったのだろう。今でもその時の儘の建物なので、見てくれはしゃんとしている様でも、所謂《いわゆる》焼けビルであって、壁の中の鉄骨がどうかなっていやしないかと案ぜられる。

雨を念ずる学校の騒ぎとは別に、焼けビルの中の音楽教室から、いろんな旋律が聞こえて来る。行って見た事はないから、何をしているのか解らないが、節《ふし》に合わしてカチカチとカスタネットの様な物を敲《たた》いているらしい。聞き馴れた旋律が耳につくと、ついそれに気を取られて、何も出来なくなってしまう。又向うは熱心で、同じ節を何十遍でも繰り返す。

向うが止めても私はその節を繰り返す。もうよそうと思うけれど、いつの間にか又その節に戻っている。私の方でその節を追うだけでなく、夜が更けて真暗になった学校の方から、はっきり聞こえて来る様な気がする事もある。雨がざあざあ降っている晩に、その同じ旋律が雨の音の中から聞こえて来るので、おかしいなと思う。焼けビルだから壁に割れ目があって、昼間の練習の旋律が沁み込んでいるか、古い学校なので狸《たぬき》がいて、余りしつこく繰り返した旋律の真似をしているか。夜中の一時二時頃にそんな音楽を聞いて、変だなと考え込む。それとも幻聴か。まさかと思い返す。

ところでそれだけ耳に馴れた旋律が、何の曲の一節であるか、それが思い出せない。きっと私などでも知っている名曲に違いないと思うけれど、解らない。今はもう夜半だから、明日になったら電話で宮城撿校に尋ねて見ようと思い立った。しかし私は譜は書けない。心覚えの紙片にタータカ、ターター、ータカタと云う風に書き留めておいた。

翌くる日起きてからその事を思い出し、紙片を持って電話の前に坐ったが、一晩寝たらあれ程しつこく繰り返した旋律がどこかへ消えてしまって、ただ紙片のタータカ、タータと云う片仮名ばかりが残っている。これでは電話を掛けても何と云って尋ねていいかわからない。

それであきらめて、もうその事は忘れかけていると、その日は学校からは聞こえて来なかったのに、晩になったら又その節が耳に戻って来た。矢張《やは》り焼けビルの壁の割れ目から出るに違いない。タータカの片仮名の心覚えもそれでよく解る。明日は電話を掛けて聞いて見ようと思う。

翌くる日になると又片仮名だけになって、結局いまだに何の旋律だか解らない。

昭和三〇年／『内田百閒集成　15』

夢というキーワードと親しいために、誤解されているところもあると思うが、百閒文学は案外、理論的なのだ。天気が続く↓隣りの学校がうるさい↓雨の降る国へ旅行したい↓旅行先では隣りは学校ではない↓雨の国へ行きたい思いの締め括りがつかない。実に見事な流れではないか。凡人は理屈を超越しなければ文学にはならないと思い込んでいる。たいてい理屈は退屈なものだ。しかし百閒は理屈をこねただけでユーモアを生む。それを文学に変えてしまう。やはり天才は違う。

残夢三昧

一

目がさめた。十一時二十分、或《あるい》は四時五分前。午《ひる》まえか夕方なのか判然しない。寝ている枕許の、廊下を隔てた雨戸が閉め切ってあるので、真昼なのか夕方になろうとしているのか、どっちだかわからない。

寝床の隣室の三畳の向うの中床にある目覚し時計の文字盤を、電燈の光で眺めて判断するだけである。初めに午後四時前だと思ったから大変だ、もう床屋が来ているのか。いつも四時頃に来る事になっているのを、わざわざ電話を掛けて三時半に来てくれと云ったのは昨日である。するともう来ているかも知れない。狭い家の中ながら、眠り込んだら寝てしまうので、外から人が這入《はい》って来てそこいらを歩き廻っても、その足音ぐらいでは目はさめない。

いや、その電話を掛けたのはいつであったか。三時半に来てくれと云ったのは明日の事ではなかった。何しろ午まえか夕方近くか、まだはっきりしない。大きな声を出して、今、何時だと向うの座敷にいる家内に尋ねて見た。それでやっと判然したが、その時どっちであったのか、今はもう忘れてわからなくなった。昼でも晩でも、そんな事はどうでもいい。

何しろ、眠くて、眠たくて、一日一昼夜、その内二十時間ぐらいはいつでも寝ていられる。寝ていれば夢を見る。楽しかった夢、いやに縺《もつ》れて面倒な夢、息苦しい夢、いろいろあるが、面白くなかった夢は、目がさめた後も不愉快である。しかし醒めてしまった後では夢の内容を訂正するわけに行かない。自然、後後まで御機嫌が悪いままその日を過ごす。

丸で見当がつかない、思いも寄らぬ年輩の婦人が這入って来た。その人の顔に何の覚えもない。踊りのお師匠さんで、高名の人である事は夢の中でもわかっていたが、いやに馴れ馴れしく私の前に坐り込んだ。若い綺麗な踊りのお弟子を二人連れている。若い彼女達も、しなしなとしとやかではあるが、抜け抜けしていて私に対しあまり遠慮していない。

私はお医者の来診を待っているところである。その主治医はまだ来ない。心待ちにしているので、踊りのお師匠さんなどに構っている気はしない。もともと私は踊りはよく解らないし、踊りの会などに出掛けた事もないのに何の用事で来たのだろう。

お師匠さんが頻りに何か話し掛けて来るのだが、話しの内容は全然夢の跡も残っていない。夢は亦《また》都合のいいもので、その内に二人の綺麗なお弟子ごと薄れて消えていなくなった。

そのお師匠さんが、まだ全く消えてしまわない内に、狭い玄関へ旧知の木田君が這入って来た。木田君は或る大学の名誉教授であり、文芸評論家であり、私とは話しが合っていた。しかしこの際なぜやって来たのか。大変迷惑する。まだあちらには踊りの三人がいるし、お医者さまは来ないし、こんな時に割り込まれては困る。出直してくれと云おうと思う内に、玄関の上り口に腰を掛けて、ポケットから靴べらを取り出した。

靴べらは靴を穿く時に使う物だと思ったが、夢の中では事が逆さまになる。一寸待《ちょつと》ってくれ、今は取り込んでいるからとことわろうとしたけれど、彼は構わずに上がって来てしまった。

実に困る、困るではないか。何の用があるのか知らないが、用なぞある筈はない。そこへ坐り込んで曖昧な顔をしている。

二

何のつながりもないのに、ではなく彼の顔を見ている内に夢の中で聯想《れんそう》したに違いないが、私の家に書生の様にしていた学生がいて、或る時その学生を彼の所へ使にやった。どんな用事であったか覚えてはいないけれど、先方から迎えられて、季節の桜桃《さくらんぼ》を大きな鉢に一ぱい山盛りにして前に出された。

何か話しながら、学生の彼はその桜桃を一つ、二つ、三つと摘まんで口へ運んでいる内に、大分時間が経った後の話だが、その山盛りの桜桃を一つ残さず食ってしまったと云う。幾人前と云う事もない、そこに出た物を平らげてしまっただけの話だが、主人は胆を潰して後で私に云いつけた。その主人が今そこに来ている。

桜桃の学生にはその他にも二三似た様な英雄譚がある。私の娘が小さかった時、病気して寝ている枕許にお見舞に貰った栗饅頭の箱があった。彼はそこへ坐り込み、食べてもいいかと子供に確かめた上、手をつけ出したら止まりがつかなくなって、栗饅頭を三十食べてしまった。大分前の話なので、今の栗饅頭の大きさではなく、もっと大きかった。寝ている子供が気がついた時、あとたった一つしかなかったので泣き出したと云う。

夢がごたごたしている間に、隣りの犬が裏庭へ這入《はい》っているらしい。うるさく吠え立てて、混雑した後先がますますわからなくなる。

外で頻《しき》りに声がする。だれだと聞いてもはっきりしない。清水清兵衛君かと思って、清兵衛かと尋ねたが、そうではない様である。

どうも犬の声が八釜《やかま》しい。隣りの犬はマッカーサーと云う名前で、顔立ちが全く似ている。非常に利口で、自分で口は利けないが、人の言う事は悉く《ことごと》解っているらしい。その犬がうちの庭へ這入って来て、何を騒ぎ立てているのだろう。静かにしなければ、表にだれが来ているのかわからない。

いいえ、清兵衛君ではありません。僕です、と云う。段段に声が動いて、私のいる座敷の前に近づいたらしい。窓の格子に簾が掛かっている。その端を少し開けて向うが見える様にしたら何と云う事だろう、そこへ来てこちらを向き、前をひろげて小便をし出した。窓の下を小さな溝が流れている。その水に水音《みなおと》立てる。顔も見えたが、ああ、あの男かと思っただけで、だれだか判然しない。

七年ばかり私の所にいて田舎へ帰り、お嫁に行っている筈のもとの女中が庭の方にいる様である。この混雑中に何しに来たのだろう。愚図愚図していないで、田舎に帰って行かなければ、何か人が集まってお祝みたいな催しがあると云ったじゃないか。どうもごたごた埒《らち》があかなくていかん。いらいら困っている癖に、夢の中でまだ薄っすら眠たいところがある。

私の母は大変な眠たがり屋で、父が放蕩を始めたのは、「御新造《ごしんぞ》さんが寝てばかり居られるんで、無理はありません」と云った人がいるくらい、私が日夜こんなに眠くて、寝ていても夢の中でまだ眠たかったりするのは、この筋を継いでいるのではないか。

　昔の高等小学から中学へ進む為の試験勉強をしていた時、毎晩遅くまで机の前で算術のねずみ算、鶴亀算などで頭をかかえていた。

　四畳半の部屋の真中にある炬燵の櫓《やぐら》をはずし、囲炉裏《いろり》の様にして備長の炭火をかんかんおこした。その炉の向う側に寝床を敷き、私の勉強が終ったら、そこへもぐり込んで寝る様に用意してある。

　母や祖母が夜遅く迄机にかじりついている私を見に来てくれる。夜が寒いので、白光りのする炭火がおこっていても、手が冷える。背筋がぞくぞくする。しかしその度に炉の傍へ行ったり、寝床に這入ったりしては勉強が捗らない。我慢して算術をやっていると母が来て、そこに敷いてある寝床へ這入ってしまう。

　郷音で「寝かす」事を「寝さす」と云う。母は、眠たがり屋だから、布団を見て、もう眠たいのだろう、「寝さしておくれのう」と云いながら、寝床の中へもぐり込む。「今夜は寒いから、お前が寝る前に、こうしてお母さんが先に寝て、布団の中をぬくめておいて上げる」と云う。そうしてすぐにすやすやと寝入ってしまった。

　少し後で祖母がやって来て、「ほん、お峯はもう寝てしもうた」と云い、多くを談《かた》らない風であったが、別に起こす事もしない。母はいい心持ちに寝込んでいる。

　これに由ってこれを観るに、どうも私は眠たがり屋の母の子である。寝てもさめてもではない、寝ていて、夢の中でまだ眠たい。止《や》んぬるかな。見のこした夢、残んのまぼろし。夢のその儘の景色の中で、虎毛の猫がしくしく泣いている。不器用な手を目に当て、涙を押さえているらしい。到頭《とうとう》うちへ帰って来られなかったノラではないか。

昭和四四年／『内田百閒集成 16』

ラストを飾るのにこれほど相応しい作品は他にない。夢にはじまって、また夢に戻ってきた。少し決まりすぎのような気もするが、意図してこうなったのではない。順番をどうしようとあれこれ考える前、事務的に取り敢えず並べておいたら、こうなった。そうしたら、はい、最初からこう決まっていたのです、とでもいうように、もはや順番をいじる必要などなくなっていた。百閒が夢で指図したとしか考えられない。

編者あとがき

小川洋子

琴、汽車、飛行機、酒、小鳥、猫、土手、夢……。内田百閒が愛し、作品に登場させたものたちは多岐にわたる。また、改めて年譜を読み返してみれば、かなり起伏に富んだ人生であったことが伝わってくる。

裕福な造り酒屋の一人息子として岡山市に生まれ、祖母に溺愛されて育つも、十六の時、父親が亡くなり、家は没落。大学卒業後、陸軍士官学校、海軍機関学校、法政大学などで教鞭を取りながら執筆活動を続ける。関東大震災に遭い（刊行直後の『冥途』の在庫が焼失）、借金生活にあえぎ、東京大空襲で焼け出され、五十代の半ばで三畳の掘立小屋生活を余儀なくされる。戦後は人気作家として次々と作品を発表してゆくが、私生活では、大恋愛の末に結ばれた親友の妹、清子と長く別居を続け、別の女性佐藤こいと居を構えた。この別居中、長男久吉が二十三の若さで亡くなっている。結局、清子と離婚することはなく、五人の子どもと姑の世話に専念していた彼女が亡くなったのち、七十六歳でこいと再婚。八十一歳で亡くなった。

このような人生を送りながら、宮城道雄撿挍に指導を受け、琴の演奏に熱中し、小鳥を何羽も飼い、猫が行方不明になったと言って大騒ぎをした。借金を重ね、遂には借金の泰斗にまで登り詰めた。列車に乗って目的のない旅を楽しみ、帰途は帰る目的が発生してしまう、との理由で不機嫌になった。芸術院会員の推薦は、いやだからいやだ、の一言で辞退したものの、東京駅の一日駅長は大威張りで務めた。

実に色彩豊かである。ユニークな人物像が体温とともに浮かび上がってくるようだ。だからこそ百閒の作品をまとめて読んでも、飽きるということがない。ユーモアと恐怖、悲惨と能天気、不機嫌と無邪気、幻想と現実。そうした相反するもの同士が矛盾なく一つに溶け合い、思いも寄らない局面を見せてくれる。再読するたびに新たな情景が立ち現れ、心の奥深いどこかが揺さぶられる。万が一何かの都合で、生涯、百閒以外、読んではならないという状況に陥ったとしても、ああ、そうですか、とあっさり受け入れるだろう。

ただ、どんな作品にも、世界を見つめる冷徹な書き手の視線が、共通して感じられる。こちらとあちらの境を自在に行き来する幻想的な小説でも、ついくすくす笑ってしまう随筆でも、その視線の鋭さに変わりはない。

例えば見慣れているはずの自宅の庭や、何の変哲もないただの土手や、あるいは亡き友人の妻が、百閒の目にとらえられた途端、奇妙に光の波長を変化させる。陰影が濃くなり、奥行きが広がり、それまで誰にも気づかれず隠し通されてきた秘密が露になる。

書き手自身はそこに余計な感情を注がない。文章にも別段、技巧が凝らされているわけではない。百閒はただひたすら、網膜に映る世界を見つめ続けるだけだ。そうして酒倉の間の空き地から何万年の年月を掘り返し、土手の向こう側で交わされる声を聴き取り、未亡人の気配に砂のにおいをかぎ取る。言葉の届かない暗がりに潜む、包みを解く。その中身を前にして、読者は立ちすくむしかない。

百閒の作品から好きなものを選ぶ。乱暴に言ってしまえば、そのようにして編まれたアンソロジーである。何とも贅沢で心弾む作業だった。

本書では、小説と随筆を区別せずに並べている。それでも全く違和感のないことが、編集の過程ではっきりしてきた。もっとも百閒ならば、世間が便宜上こしらえた区分など、平気で無視するだろうというのは、十分予想できた。土手を自在に行き来する作家が、小説と随筆の境で立ち往生するはずはない。読者を置き去りにする勢いで、あらゆる境界線を踏み越えているのだ。優れた文学はいつでも、ジャンルの枠に収まりきらず、独自の地平を切り拓いている。

従って、一応、各作品の解説を書いてはいるのだが、そもそも私に百閒文学の解説などできるはずもなく、差し出がましいことだと十分承知している。一ファンの感想、という程度にとらえて、許していただきたい。しかし、見えない読者の皆様に向かって、「ね、そうですよね」とうなずき合うような気持で感想を書けるのは、大きな喜びだった。百閒文学に魅入られた者には、互いの間だけで通じる特別な目配せがある。百閒は、そう思わせてくれる作家だ。

百閒の生家、造り酒屋の志保屋は岡山市古京町にあった。当時の地図によれば、私が子どもの頃住んでいた家から、歩いて五分もかからないところだ、というのが分かって感慨深い。志保屋の前の旧道を歩いて、小学校へ通っていたのだ。もちろん当時、既に志保屋は跡形もなく、そこは郵便局になっていた。

小学校の行き帰りの風景は、今でも記憶に刻まれている。鉄工所の前に落ちている鉄粉を拾い集め、ポケットに仕舞っていた青年。板塀から生えている黒々しいものを指さし、「これは食べられる茸じゃ」と言って笑ったおじさん。路地の突き当りの空き地で、米粒を放り投げながら、小鳥を呼び集めていた老人……。あの人たちの中に、もしかして百閒先生がいたのではないか。今でも私は時々、記憶の一場面を幻のように思い返す。

今回、貴重な機会を与えていただき、また粘り強く私を励まし続けて下さった、筑摩書房の大山悦子さんに、心からの感謝を捧げたい。そしてもちろん、この本を手に取って下さった皆様と、百閒先生にも。

二〇一九年　晩秋

ちくま文庫

小川洋子《おがわようこ》と読《よ》む　内田百閒《うちだひゃっけん》アンソロジー

二〇二〇年二月十日　第一刷発行
二〇二一年四月十日　第四刷発行

著　者　内田百閒（うちだ・ひゃっけん）
編　者　小川洋子（おがわ・ようこ）
発行者　喜入冬子
発行所　株式会社　筑摩書房
東京都台東区蔵前二―五―三　〒一一一―八七五五
電話番号　〇三―五六八七―二六〇一（代表）
装幀者　安野光雅
印刷所　株式会社精興社
製本所　株式会社積信堂

ISBN978-4-480-43641-2　C0193